知的生きかた文庫

こんなに面白い！
『坂の上の雲』の世界

河合 敦　監修
『坂の上の雲』研究会　著

三笠書房

序章 『坂の上の雲』の時代とは？

―「日露戦争」から見る、明治人の不屈の精神―

河合 敦

司馬遼太郎の歴史小説『坂の上の雲』は、愛媛県松山出身で、日露戦争で大活躍した秋山好古《よしふる》・真之《さねゆき》兄弟、そしてその親友だった正岡子規の青春を中心に、日露戦争の名将たちの生き様や戦いを描いた壮大な作品である。

司馬はこの大作を『坂の上の雲』と題した理由について、「こっけいなほどに楽天的な連中が、ヨーロッパにおけるもっともふるい大国の一つと対決し、どのようにふるまったかということを書こうとおもっている」と述べ、さらにそうした人びとは「のぼってゆく坂の上の青い天にもし一朶《いちだ》の白い雲がかがやいているとすれば、それのみをみつめて坂をのぼってゆくであろう」と「あとがき」で説明している。

残念ながら、現代の日本には、明治時代のように欧米に追いつくという明確な目標はなく、不況のなかで沈滞してしまっている。そうしたなか、日露戦争における明治人の不屈の精神を知ることは、いまの日本人に勇気を与えてくれるのではないだろうか。

そこで本稿では、日露戦争というものが、いったいどのような戦いだったのかということについて、わかりやすく語りたいと思う。

日清戦争に勝利した日本は、下関条約で清国に朝鮮を独立国と認めさせたが、それが逆効果となった。朝鮮政府は独立国であることを理由に、日本の保護下に入ることを嫌い、ロシアに急速に接近していったからだ。

ロシアもこれを受け入れ、軍人や政治顧問を朝鮮へ派遣し、一時は朝鮮国王がロシア公使館で政務を執る事態となった。

さらに一八九八（明治三十一）年、ロシアは清国から旅順《りょじゅん》・大連《だいれん》を借りうけ、満洲《まんしゅう》一帯に勢力を伸ばしていった。そもそも旅順・大連を含む遼東《りょうとう》半島は、下関条約で日本が清国から割譲されることになっていた。ところがロシアがこれに文句をつけ（三国干渉）、日本に半島を返還させた経緯があった。

このようにロシアが極東に勢力を伸ばすなかで、桂太郎首相は一九〇二（明治三十五）年、ロシアの南下を嫌うイギリスと同盟を結び（日英同盟）、その圧力を背景に朝鮮における日本の優越をロシアに承認させようとした。ただ、世論は三国干渉の恨《うら》みからロシア憎しで固まっており、日英同盟成立を機に急速に対露戦争へと傾いていった。

かくして一九〇四（明治三十七）年、日露戦争が勃発《ぼっぱつ》した。

●騎兵旅団長秋山好古《よしふる》、ロシア兵を大いに悩ませる

ロシアは我が国の数倍もの軍事力を持つ大国。これに勝つためには、総力を結集して緒戦《しょせん》で相手を叩きのめし、すみやかに講和を締結する以外方法はなかった。もし戦争が長引けば、国力において格段に劣る日本は、持久力が尽きてロシアに跪《ひざまず》くことになるだろう。

日本陸軍は、黒木為楨《ためもと》大将の第一軍を朝鮮半島から、奥保鞏《おくやすかた》大将の第二軍を遼東半島塩大墺《えんたいおう》から上陸させた。ちなみに『坂の上の雲』の主人公のひとり・秋山好古は、

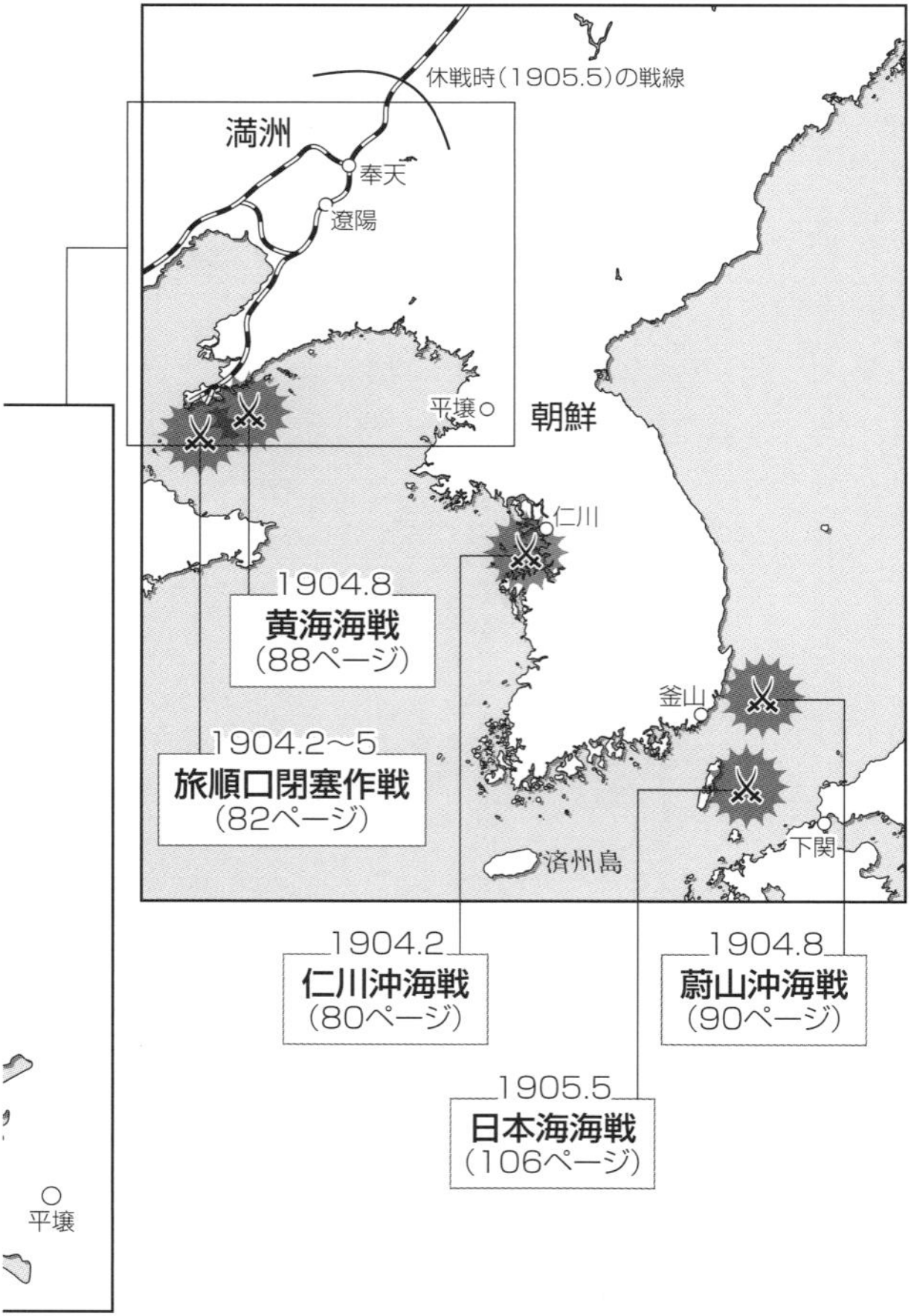

休戦時（1905.5）の戦線
満洲
奉天
遼陽
平壌
朝鮮
仁川
釜山
下関
済州島
1904.8
黄海海戦
（88ページ）
1904.2～5
旅順口閉塞作戦
（82ページ）
1904.2
仁川沖海戦
（80ページ）
1904.8
蔚山沖海戦
（90ページ）
1905.5
日本海海戦
（106ページ）
平壌

● 日露戦争関連マップ

日露両軍は朝鮮半島の近海および、朝鮮・満洲において激戦を繰り広げた。

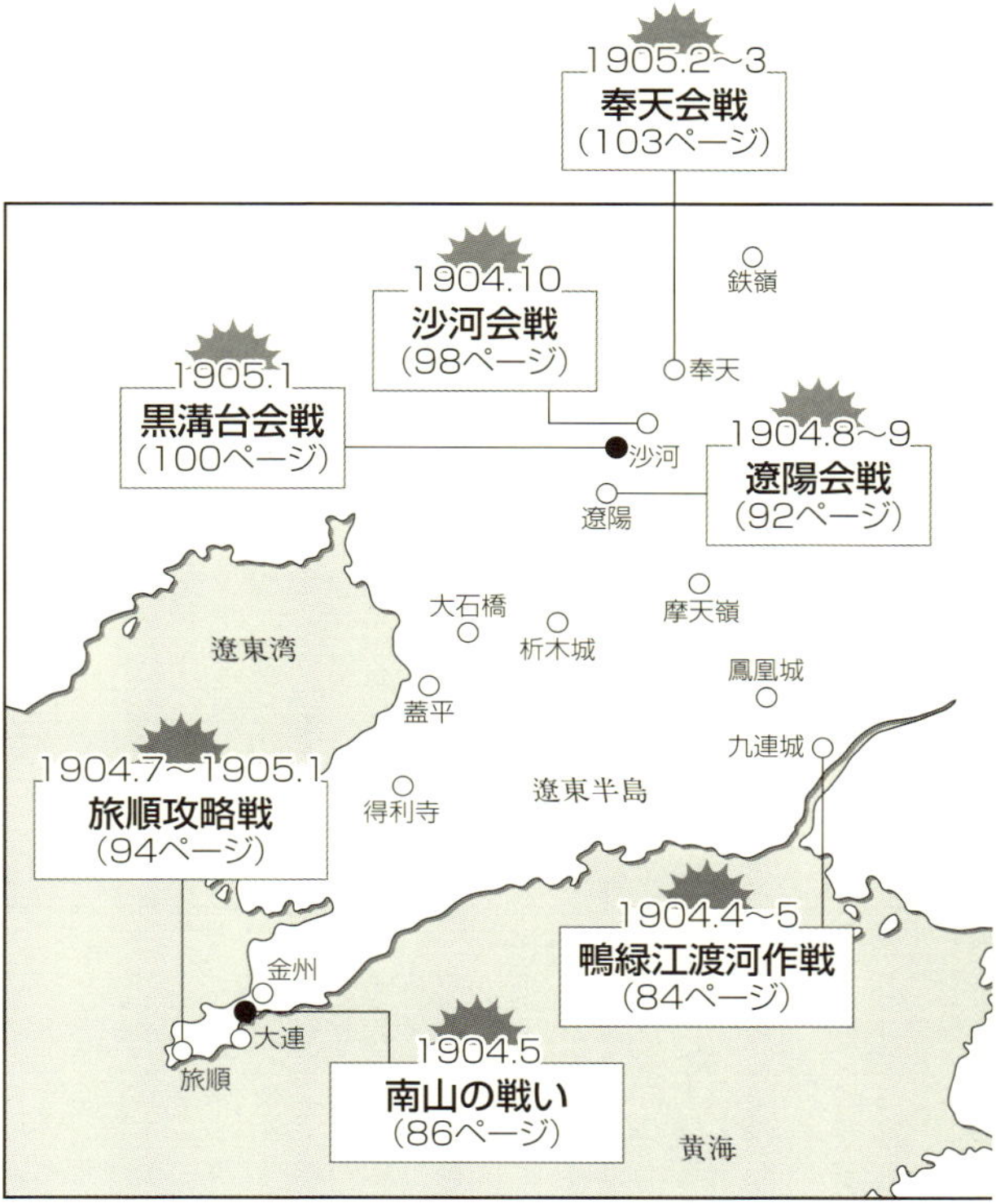

この第二軍に属して騎兵第一旅団長として出撃し、沙河《さか》会戦や黒溝台《こっこうだい》会戦などで、騎兵を駆使して大いにロシア軍を悩ませたのである。

その後、乃木希典《のぎまれすけ》大将率いる第三軍と野津道貫《のづみちつら》大将率いる第四軍が編制され、大陸へと渡った。陸戦においては、鴨緑江《おうりょっこう》会戦、南山《なんざん》の戦い、遼陽《りょうよう》会戦、沙河会戦と、膨大な犠牲者を出しつつもロシア軍に勝ち続けた。なお、乃木希典率いる第三軍だけは遼東半島の旅順へ向かった。これは海軍の要請だった。

日本の連合艦隊は、仁川沖《じんせんおき》海戦でロシアの太平洋艦隊に勝利したものの、太平洋艦隊の拠点・旅順を制圧できないでいた。というのは、旅順は湾口が狭い要塞化《ようさいか》された港で、入り込むことが不可能だったからだ。このため旅順口閉塞《へいそく》作戦を展開、湾入口に次々と船を自沈させ、出入り口を塞《ふさ》ごうとしたが、結局、ロシア軍の抵抗の前に作戦は失敗に終わった。

このため海軍は、背後から陸軍に旅順を攻撃させ、同港を制圧してもらいたいと頼んだのだ。こうして編制された第三軍は、要塞化した旅順に正面から何度も総攻撃を仕掛け、その度に大きな犠牲を払うことになった。

これを見かねた満洲軍総参謀長児玉源太郎大将は、大山巌《いわお》元帥《げんすい》の許可を得て直接旅順へ出向き、一時的に乃木から指揮権を譲り受け、攻撃目標を守備が手薄な二〇三高地に絞《しぼ》り込み、見事、旅順要塞を陥落させたのである。

この児玉の活躍は『坂の上の雲』のクライマックスのひとつになっている。ただ、必要以上に乃木を無能扱いしており、戦前、軍神と仰がれた乃木の人気を落とす結果となった。

一九〇五（明治三十八）年一月、ついに旅順は陥落した。日露両軍の主力が激突した奉天《ほうてん》会戦で日本軍が辛勝したのは、同年三月のことであった。このとき秋山好古も大いに活躍したが、弾薬や食糧、さらには兵力も底を尽き、日本軍は北方に逃げるロシア軍を追いかけることができないほど疲弊《ひへい》していた。

●参謀秋山真之《さねゆき》、バルチック艦隊を破る！

日本としては、アメリカを介してロシアと講和交渉に入りたかったが、ロシア皇帝・ニコライⅡ世はこれに同意しなかった。極東に向かいつつあるバルチック艦隊（ヨーロッパに配備されたロシア艦隊）に望みをかけていたからだ。

前年八月、ロシアの太平洋艦隊は黄海《こうかい》海戦で壊滅的な打撃を受け、旅順の陥落で消滅していた。しかし、これを上回るバルチック艦隊が、もし極東のウラジオストクに入港できれば形勢の逆転もあり得るし、そうなれば、ヨーロッパに保有している数十万の大軍をシベリア鉄道で東アジアへおくり出し、再び日本軍と戦うつもりだった。

それゆえ日本の連合艦隊としては、ウラジオストクに入る前に、何としてもバルチック艦隊を発見し、これを撃滅する、それが最重要課題だった。

しかし、バルチック艦隊がウラジオストクに入るため、朝鮮海峡をとおるのか、津軽海峡を通過するのか、あるいは宗谷海峡なのかは、皆目見当がつかなかった。ただ、連合艦隊を三分しても勝ち目はない。ゆえに三海峡のうちいずれかに賭けるしかなかった。

連合艦隊司令長官東郷平八郎は、朝鮮海峡を通過することに賭けた。その理由は、「ロシア軍人は勇敢で朴訥《ぼくとつ》だから遭遇戦を覚悟のうえで、最短距離の朝鮮海峡をまっすぐ上がってくる」というものだった。

そして事実、その予想は的中した。五月二十七日午後一時半頃、沖ノ島西方でバルチック艦隊の姿が捉《とら》えられた。

こうして日本海海戦が始まった。この戦いの作戦立案を担当したのが、『坂の上の雲』の主人公で参謀の秋山真之だった。

連合艦隊は、正面から全速力でバルチック艦隊に向かっていったが、距離が八〇〇〇メートルになった時、艦首を左に旋回し始めた。これが後に伝説となった東郷ターンである。

そして六五〇〇メートルまで敵が近づいたとき、砲撃が開始された。日本軍の砲弾は、正確にロシア軍艦に着弾し、大きなダメージを与えていった。勝敗はわずか三〇分で決定した。

バルチック艦隊がバラバラになって逃走を始めると、連合艦隊はこれを追い、次々に敵艦を沈めていった。

こうしてバルチック艦隊は全滅した。日本海海戦は、連合艦隊の空前の大勝利に終わったのである。これを知ったニコライⅡ世は、とうとう講和を決意したという。

かくしてアメリカのポーツマスで講和条約が締結された。同年九月のことであった。ここに五〇〇日におよぶ日本の総力をかけた日露戦争は、日本の勝利という結果をもって、ようやく終結したのである。

日露戦争　**関連年表**

1903（明治36）年

6月12日　ロシアの陸軍大臣クロパトキン大将が来日する。

8月12日　ロシア、旅順に極東総督府を設置し、アレクセーエフ関東軍司令官を総督に任命する。

10月18日　ロシア軍、奉天を占領する。

1904（明治37）年

2月4日　御前会議で対露交渉の中止と軍事行動採用を決議。

2月6日　小村外相、ロシアのローゼン公使に交渉打ち切りを通告する。連合艦隊、佐世保を出撃する。

2月8日　仁川に第12師団先遣部隊が上陸する。

2月9日　第4戦隊、仁川沖海戦でロシア艦「ワリャーグ」「コレーツ」を撃破する。

2月10日　日本政府ロシアに対して宣戦を布告する。

2月24日　第1回旅順口閉塞作戦。

3月27日　第2回旅順口閉塞作戦が決行され、広瀬少佐が戦死する。

4月13日	ロシア太平洋艦隊の旗艦「ペトロパヴロフスク」触雷し、沈没。マカロフ司令長官も戦死する。
4月26日	第1軍による鴨緑江渡河作戦始まる。
5月3日	第3回旅順口閉塞作戦が行なわれる。
5月25日	第2軍、金州・南山の戦い。第2軍、翌日南山を占領する。
6月15日	玄界灘で輸送船「常陸丸」などが撃沈される。
6月20日	満州軍総司令部が設置される。
8月10日	黄海海戦で連合艦隊が勝利する。
8月19日	第3軍、第1回旅順総攻撃を敢行する。
8月25日	遼陽会戦始まる。
9月4日	日本軍、遼陽を占領する。
10月9日	沙河会戦始まる。
10月15日	バルチック艦隊、リバウ港を出港する。
10月21日	バルチック艦隊、ドッガー・バンクにてイギリスの漁船を砲撃する。
10月26日	第3軍、第2回旅順総攻撃を敢行する。
11月26日	第3軍、第3回旅順総攻撃を開始。
11月30日	第3軍、二〇三高地を一時占領する。（完全占領は12月5日）

1905（明治38）年

1月1日	旅順要塞のロシア軍が降伏する。
1月5日	水師営の会見が行なわれる。
1月22日	ペテルブルグにて「血の日曜日」事件が起こる。
1月25日	黒溝台会戦が起こる。
2月22日	奉天会戦始まる。
3月10日	日本軍、奉天を占領する。
5月14日	バルチック艦隊、カムラン湾を出港する。
5月27日	日本海海戦が始まる。
5月28日	バルチック艦隊壊滅し、ネボガトフ少将、ロジェストウェンスキー中将、捕虜となる。
7月7日	日本軍、樺太南部に上陸する。
7月31日	日本軍、樺太を占領する。
8月10日	アメリカのポーツマスにおいて日露講和会議が始まる。
9月5日	日露講和条約が調印される。東京日比谷にて講和条約反対国民大会が行なわれ、焼き討ち事件へと発展。
9月14日	大山巌満洲軍総司令官、全軍に休戦命令を下す。

もくじ

序章 ◎『坂の上の雲』の時代とは?

第1章 こんなにわかりやすい! 日露戦争講座

第2章 「日露戦争」12大決戦とその後

第3章 好古、真之、子規——主人公三人の素顔

第4章 陸軍、海軍——好古・真之はこんな人たちに囲まれ、仕事をしていた!

第5章 明治という時代を動かした政治家たち

第6章 子規を取り巻く、近代文化を彩る人々

第7章 日本を苦しめたライバルたち

【本文デザイン・図版・DTP】伊藤知広（有限会社　美創）
【本文イラスト】山寺わかな

第1章

こんなにわかりやすい！　日露戦争講座

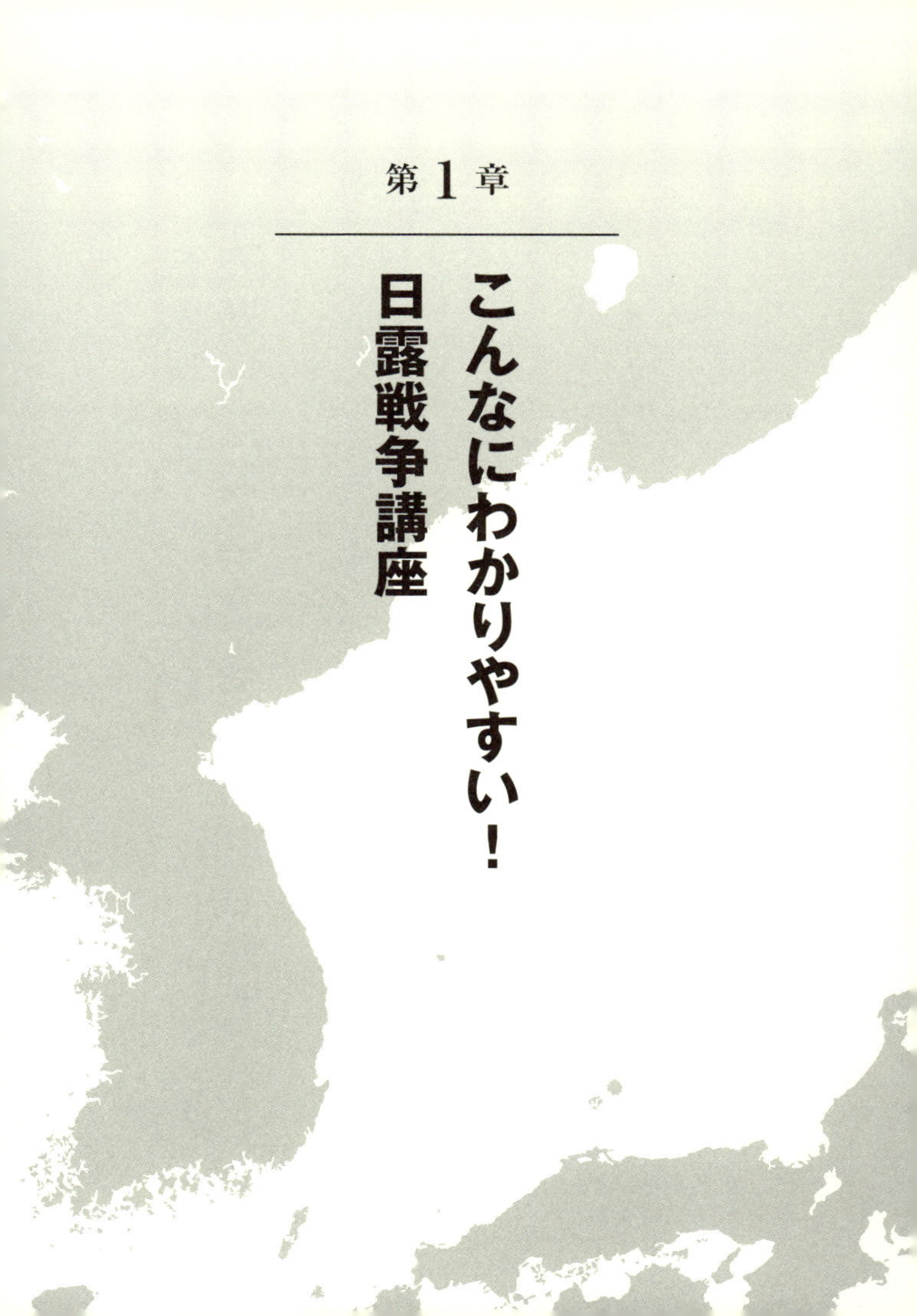

1

日露戦争のウラには欧米列強のこんな思惑があった！

日露戦争は、その名のとおり日本とロシアの間で戦われた戦争だ。だが、その背後には当事国であるふたつの国だけではなく、様々な国家の思惑が入り混じっていた。

ロマノフ朝が統治するロシア帝国は、一七世紀以降、シベリアから東へと領土を拡大し、ついには太平洋に到達した。さらに満洲、朝鮮と南下政策を推進し、拡大路線をひた走っていた。すでに満洲も事実上占領したロシアは、朝鮮と密接な関係をつくりあげていた。迫り来るロシアの脅威に明治の日本人は、ロシアの次の狙いは日本だと考え、戦々恐々としていた。

こうしたロシアの南下に対して、危惧《きぐ》を抱いていた国がイギリスである。イギリスは世界各地に植民地を持つ大帝国を築きあげていたが、当時は南アフリカで勃発《ぼっぱつ》したボーア戦争にかかりきりで、極東に手を回す余裕はなかった。

● 完全図解！　日露戦争を招いた国際情勢

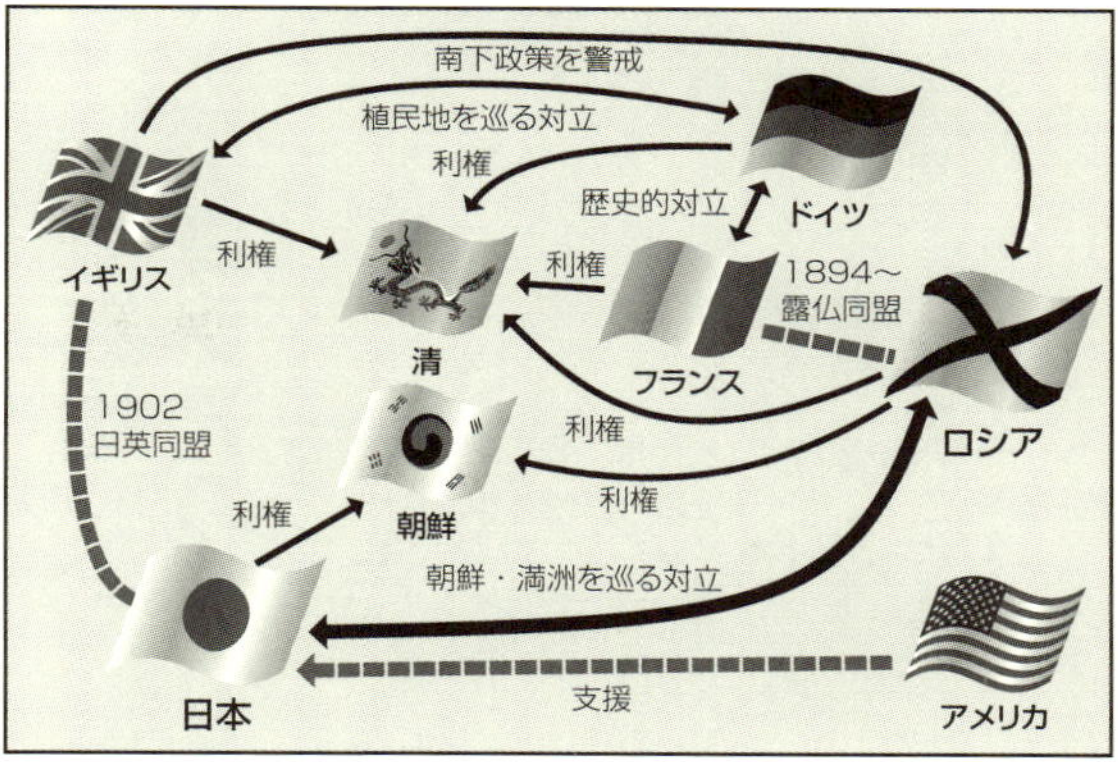

日本とロシアの背後には、欧米列強の姿があった。

さらにイギリスと植民地政策で対立してきたドイツが、ロシア支持に回っていた。露仏同盟によって国境をロシアとフランスに東西から脅《おびや》かされていたドイツは、ロシアの関心が極東へと向かえば、自国は安全だと考えてロシアを支持したのだ。そこで、イギリスは日本を利用してロシアを抑えようと考えた。

この結果、日英同盟が結ばれることになる。

さらに、虎視眈々《こしたんたん》と極東進出を狙っていたアメリカもまた日英同盟側についた。

このように当事国の背後を見てみると、日露戦争が世界を巻き込んだ戦争だったという事実が浮かびあがってくるのである。

2 徹底比較！　当時の日本とロシアの国力差はどれくらい？

ロシアを相手に日本は勝利できない。開戦前、知識人を中心にそう予測する人もいた。その理由は、両国のデータを比べてみると明らかになる。

まず当時の日本の国土は、約四〇万平方キロメートル。それに対しロシアは約二五〇〇万平方キロメートルと、日本の約六二倍の領土を有していた。その人口は、日本の約四六〇〇万人に対して、ロシアは約一億二〇〇〇万人と、約二・六倍である。ここから抽出《ちゅうしゅつ》される兵力は、日本の約一〇〇万に対して、ロシアは約二〇〇万。約二倍だが、戦力は軍備の二乗に比例するといわれるので、実質的には四対一の差があった。

海軍で見ると、戦艦の数が日本は六。まず日本が戦うことになるロシア太平洋艦隊の戦艦の数は七とほぼ同数。しかし、ロシアは三セットの艦隊を有しており、のちに回航してくるバルチック艦隊には計八隻の戦艦が編制されていた。

● 徹底比較！　日本とロシア

	日本	ロシア
動員力	総人口約4600万人（1903年時）	総人口約1億2000万人（1897年時）
兵力	約100万人	約200万人
火砲	636門	2260門
海軍力	約25万トン ・連合艦隊	約80万トン ・太平洋艦隊 ・バルチック艦隊 ・黒海艦隊
面積	約40万平方キロメートル	約2500万平方キロメートル
宗教	国家神道	ロシア正教
元首	明治天皇（位：1867年〜）	皇帝ニコライⅡ世（位：1894年〜）

戦争前、日本とロシアの戦力差は歴然としていた。

こうして見るともはや絶望的な差である。ではまったく勝機はなかったのかというと、そうではない。日本と砲火を交えたロシアの戦艦のうち、三隻が旧式だった。また、二等巡洋艦《じゅんようかん》以下の軽火力、快速戦力は日本が勝っていた。陸軍においてもロシアには重大な欠陥があった。兵士ひとり一人に国民意識が希薄で、ゆえに「国のために戦う」との思いを抱く人が少なかったのだ。

ロシアでは、将校になるのは一般的に貴族の子弟である。そして末端の兵士たちは、駆り立てられた農民だった。

対して日本の陸海軍将校のほとんどが貧乏士族出身である。専制国家と国民国家の違いが、日本の勝利の一因となったのだ。

3 バルチック艦隊を打ち破った、秘策「丁字《ていじ》戦法」！

日本の連合艦隊がロシアのバルチック艦隊を撃破した日本海海戦（106ページ）において、伝説的に語られているのが丁字戦法である。

連合艦隊は、正面から全速力でバルチック艦隊に向かって進んでいった。両艦隊の距離が八〇〇〇メートルまで近づいたその時、東郷平八郎司令長官は「取り舵《かじ》一杯」を命じた。これを受けて連合艦隊は北東方向へ一六八度回頭。これがのちに「東郷ターン」と呼ばれる敵前大回頭《かいとう》である。結果、敵の進路を横切る形をとり、集中砲火を浴びせるという奇策が決まった。両艦隊の位置関係が「丁」の字に似ることから「丁字戦法」と呼ばれる。よく〝T〟字戦法と誤用されるが、丁字が正しい。

敵前回頭によって動きが止まり、敵の集中砲火を受ける危険を冒《おか》してまで丁字をつくるという大胆な戦略を考案したのは、秋山真之《さねゆき》というのが通説だ。『坂の上の雲』

● 丁字戦法とは!?（日本海海戦より）

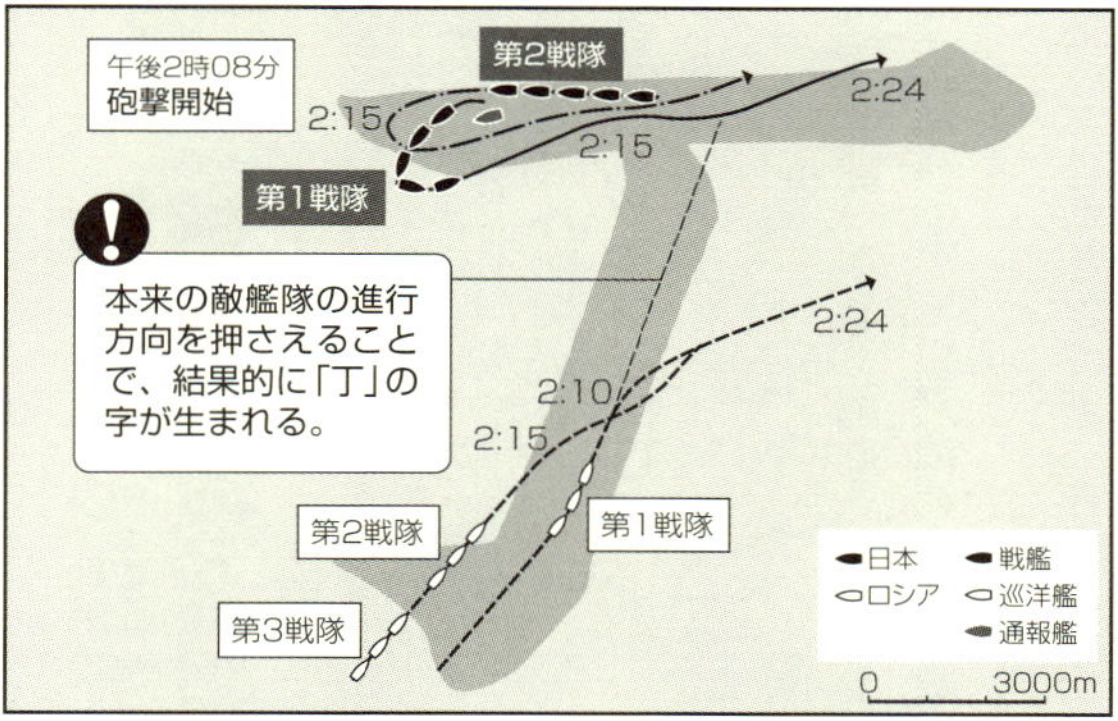

丁字戦法は垂直に進む敵艦隊に対して、横一線に立ちふさがって進路を押さえる戦法。これによって敵の先頭艦に砲火を集中する。

でも、その説をとっている。だが、これについては当時巡洋艦「笠置《かさぎ》」の艦長として日本海海戦に参加していた山屋他人《やまやたにん》という人物を考案者とする、野村實氏の説がある。

また丁字戦法自体、東郷司令長官を神格化するために後世の人がつくりあげた幻の戦法であるという、戸高一成氏の説もある。実は、前年に行なわれた黄海《こうかい》海戦（88ページ）においても用いられたのだが、この時丁字にこだわる余り、一度敵艦隊を逃がしてしまうという失態があった。そんな危険性のある丁字戦法を果たして東郷が用いたのか、疑問が多い。

「丁字戦法」は最も有名な戦法でありながら、最も謎の多い作戦でもあるのだ。

4 真之が参謀をつとめた日本海軍の象徴、連合艦隊って何？

日露戦争で、一躍世界にその名を轟《とどろ》かせた連合艦隊。正しくは「聯合艦隊」と書き、二個以上の艦隊で編制された海軍の主力のことを指す。こういう艦隊編制を組んだのは、日本以外は例がなかった。

日本にまず艦隊と呼ばれるものができたのは、一八七〇（明治三）年だった。それは「小艦隊」と呼ばれ、九隻から編制されていた。以後海軍は日に日に増強され、一八八九（明治二十二）年には、「常備艦隊」と称される規模に成長していた。

連合艦隊が初めて編制されたのは日清間の緊張が極限に達した一八九四（明治二十七）年のこと。常備艦隊に、沿岸警備担当の西海《さいかい》艦隊（警備艦隊より呼称変更）を合わせて組織したものである。それはひとりの指揮官のもとに複数の艦隊を配置し、総合威力を高めたものだった。翌年、日清戦争が終わると連合艦隊は解散する。

太平洋戦争における連合艦隊の活躍を知る日本人は、明治から昭和まで連合艦隊が常設されていたと思いがちだが、実は連合艦隊は、戦争や演習が終わるたびに「解散」していたのである。

次に連合艦隊が編制されたのは一九〇三（明治三十六）年、ロシアとの戦争が不可避とされた時期だった。司令長官は東郷平八郎で、その下に「第一艦隊」「第二艦隊」「第三艦隊」という番号を用いた「艦隊」を配備した。主力は第一艦隊で、旗艦《きかん》「三笠」以下戦艦六隻を中心とする布陣だった。

二個以上の艦隊からなる連合艦隊、および二隻以上の軍艦からなる艦隊は「司令長官」が指揮を執り、艦隊の下に置かれた二隻以上の軍艦、または軍艦と駆逐艦《くちくかん》から編制される戦隊の指揮は「司令官」が執る。また、軍艦とは戦艦・巡洋艦・装甲巡洋艦などがあたり、駆逐艦はこれに含まれない。

日本海海戦（106ページ）で輝かしい戦績を収めたこの連合艦隊も、日露戦争が終わると一九〇五（明治三十八）年にはやはり解散している。実質的な常時設置となったのは、一九二三（大正十二）年以降である。その連合艦隊も太平洋戦争のミッドウェー海戦で大敗を喫し、終戦時にはほとんどの艦艇《かんてい》を喪失していた。

5 「Z旗」――この旗の意味することとは？

日本海海戦（106ページ）において、「丁字戦法」「東郷ターン」とともに語られるのが「Z旗《ゼットき》」である。

対角線で四つに区切られ、上に黄、下に赤、左に黒、右に青を配した、国際信号旗で、「引き船を求める」という意味があり、漁場で操業中の漁船が用いる時には「投網中」という意味を持っていた。日本海海戦当時帝国海軍では、この旗を掲げるとともに、ある信号が伝えられることになっていた。

一九〇五（明治三十八）年五月二十七日十三時三十九分、連合艦隊の主力はバルチック艦隊と遭遇。速力をあげ、距離を縮めていった。そして十三時五十五分、艦隊の先頭を航行する旗艦「三笠」のマストにZ旗が翻《ひるがえ》った。

同時にこれを見た各艦では、伝令と伝声管によって全乗員にある信号が伝えられる。

● Z旗とは？

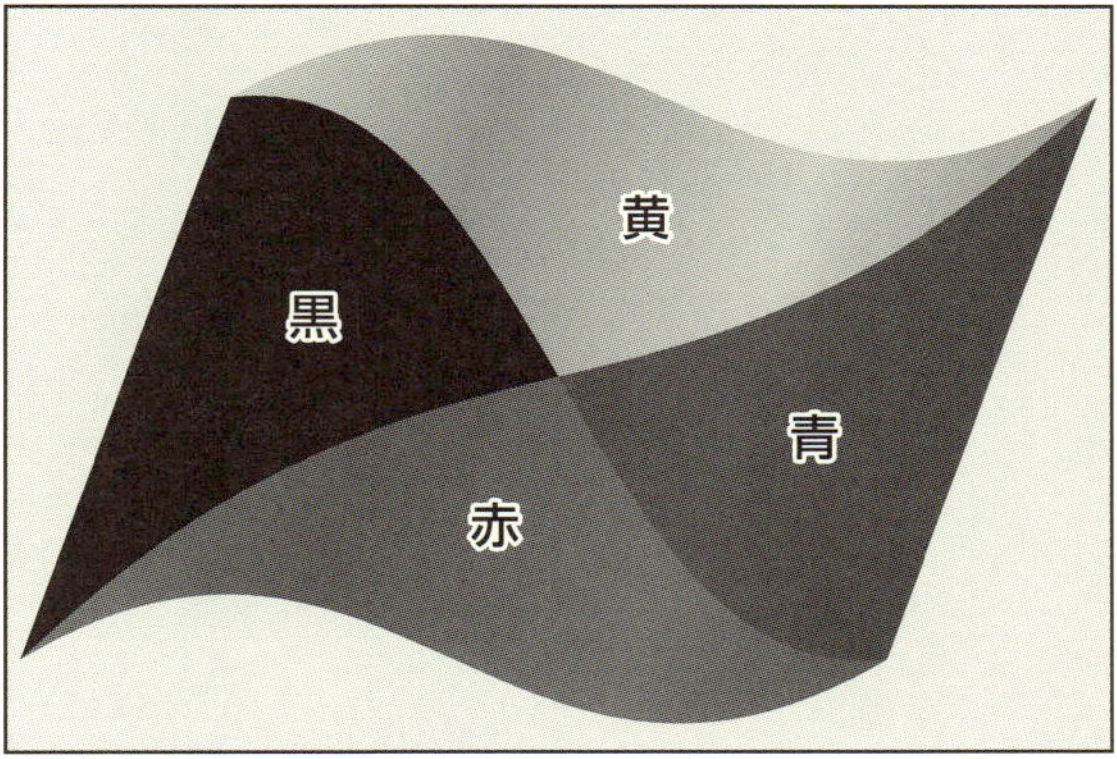

日本海海戦において旗艦「三笠」艦上に翻ったZ旗。

約二〇〇年前、イギリスの存亡をかけたフランス海軍とのトラファルガーの海戦で、名提督《ていとく》と誉れ高いネルソンが、旗艦「ビクトリー号」に掲げた、「英国は各員が職務を尽くすことを期待する」の信号に同じ、

——皇国《こうこく》ノ興廃《こうはい》此《こ》ノ一戦ニ在《あ》リ、
各員一層奮励《ふんれい》努力セヨ——

日本海海戦において掲げられたZ旗には、このような意味があったのだ。旗が上がった瞬間、連合艦隊は粛然《しゅくぜん》とした気分に包まれたという。やがて連合艦隊の史上稀《まれ》に見る完勝とともに、このZ旗は世界的に有名になった。日露戦争の勝利後、日本では命運を分ける決戦の時に「Z旗を掲げる」という慣用句が生まれている。

6 陸軍にはどのような階級や部隊があったの？

日露戦争において「第○師団《しだん》」という言葉が頻出《ひんしゅつ》する。たとえば、騎兵第一旅団長・秋山好古《よしふる》が所属した第二軍には第一師団や第三師団などが編制されていた。師団とは、平時における陸軍部隊の最大の戦略単位で、歩兵、騎兵、砲兵など様々な部隊から成る多くの「連隊《れんたい》」で構成されており、あらゆる戦場に対応できるように編制される。

時代によって異なるが、たとえば日露戦争当時は師団の下に歩兵連隊四個、騎兵連隊一個、砲兵連隊一個、工兵大隊一個、輜重兵《しちょうへい》（食糧や弾薬の運搬を主要任務とする陸軍の後方支援兵科の一種）大隊一個が入っていた。また、二個連隊から一個旅団が形成される。秋山好古が率いた騎兵第一旅団は、当初騎兵第一三連隊、騎兵第一四連隊、第一繋駕《けいが》機関砲隊（馬で牽引して行動する）から成っていた。

陸軍は一八八八（明治二十一）年に師団制を採用。近衛《このえ》師団に加え、全国を六つの

● 陸軍はこうして指揮される！

	編成単位	指揮官階級	人数	個数
戦時に編成	総軍	大将		
	方面軍	中将		
	軍	中将		
常時から編成	師団	中将	1.2～2.4万人	×2個
	旅団	少将	6000～1万人	×3～4個
	連隊	大佐	2000～3000人	×3～4個
	大隊	中佐、少佐	800～1200人	×3～4個
	中隊	大尉、中尉	180～220人	×3～4個
	小隊	少尉	50～60人	×3～4個
	分隊	軍曹	12人前後	×3～4個

師団　1933年までの構成
・4個歩兵連隊　・1個騎兵連隊　・1個砲兵連隊　・1個工兵大隊　・1個輜重兵大隊

日本軍において師団は平時における最大の戦略単位である。

師管区に分け、それぞれに師団を配置した。以後師団は増設され続け、日露戦争開戦時までに計一三個師団を持つに至る。師管区の中に連隊区があり、連隊にはその地域の兵が入営した。

そのため、戦時には地元の期待を背負って出征した。

軍隊は階級社会で、将校・下士官・兵の三つから構成されていた。士官学校などで正規の教育を受けた者が将校であり、上から大将《たいしょう》、中将《ちゅうじょう》、少将《しょうしょう》（以上将官《しょうかん》）、大佐《たいさ》、中佐《ちゅうさ》、少佐《しょうさ》（以上佐官《さかん》）、大尉《たいい》、中尉《ちゅうい》、少《しょう》尉《い》（以上尉官《いかん》）である。師団を指揮する師団長には中将が就任し、自分の師団の下に属する部下に対してのみ指揮権を持った。

7 捕虜《ほりょ》は一等車で、市長が三等車!? なぜ捕虜を優遇?

捕虜といえば、見張りの機嫌ひとつでいわれのない暴力を受けたり、過酷な労働を強制されたりと、様々なむごい仕打ちを受けるイメージがある。しかし、日露戦争当時は、国際的な慣習として捕虜は比較的丁重に扱われた。

日本で最初に俘虜《ふりょ》収容所がつくられた四国・松山を例に取れば、驚きの事実が明らかになる。まず、最初の捕虜としてロシアの水兵が送られてきた時には、ロシア兵が一等車に乗り、彼らを迎えた市長が三等車に乗ったという点に優遇ぶりが象徴されている。負傷したロシア兵が足を切断しなければならなくなった時には、皇后が彼らに義足を贈ったという。

しかも、捕虜は自由な外出や買い物が許可されていたのみならず、近くの温泉地にも観光客のように気軽に出かけることができた。看病のため妻子を呼び寄せることも、さらには色町で女を買うことまで許されていた。

地元の人々も、町で会うとまるで賓客《ひんきゃく》に会ったように丁寧な態度をとり、時に交流の機会も設けられた。

この噂は満洲のロシア兵のなかに広まり、「マツヤマ！」と叫びながら、自ら投降した者もあったという。もちろんこの好遇は、松山に限らずほかの収容所でも行なわれていたものだった。

こうした捕虜優遇の背景には、両国が置かれた国際的な状況がある。

日露戦争時のロシアは、西欧先進諸国から人道国家として対等の国と扱われることを悲願としていた。戦争はそのさなかに起きたので、ロシアは国際法にのっとる形で国内の法律を整備した。そこで日本人捕虜用に、実に二〇〇〇を超える処遇を適用したのである。

事情は、日本もほとんど一緒だった。当時、欧米諸国から優等生と見なされることで、一流国の仲間入りを果たすのを「国家目標」としていた日本は、戦場の各軍には有賀長雄《あるがながお》など優秀な国際法学者を配し、適法か否かを検討しながら他国から非難されることのないよう、戦時国際法の実践に取り組んだのである。

8 一九九人が凍死の大惨事！八甲田山雪中行軍遭難事件

日露戦争直前、一九九人もの凍死者を出した大惨事があったことをご存知だろうか。一九〇二（明治三十五）年一月に起きた、八甲田山雪中行軍遭難事件である。

日清戦争の際、日本軍は遼東《りょうとう》半島の厳寒な気候に悩まされ、約四〇〇〇人の凍傷患者を出していた。ロシアとの緊張が日々増すなか、日露戦争の主戦場になるであろう満洲の極寒《ごっかん》に備えて、雪中行軍が計画されたのである。その訓練の地に選ばれたのが、標高一〇〇〇メートルを超える山々が連なる青森の八甲田だった。

訓練に参加したのは、青森の第五連隊と弘前の第三一連隊で、ともに第八師団隷下《れいか》であった。第五連隊は、青森から田代平《たしろたい》までの往復五〇キロを二日間で、第三一連隊は、弘前から十和田湖を経由する全長約二三四キロメートルの迂回路を、一二日間かけて踏破《とうは》することになった。

第五連隊が出発した時、天気は比較的よかったが、その陰で大寒波が日本列島に迫っていた。数時間後、第五連隊は猛烈な吹雪に襲われる。同行した軍医は引き返すことを進言したが、聞き入れられなかった。そのまま目的地の田代平まで四・六キロの地点まで進んだが、ついに方角を見失う。四日間にわたりさまよった結果、寒さと疲労で将兵たちは次々と倒れていき、生き残ったのは二一〇人中わずか一一人だった。

しかし、一方の第三一連隊は、ひとりの凍死者も出さず踏破に成功する。編制が三七人と少なく、道案内を立てるなど綿密な計画が功を奏したといわれる。

日露戦争が始まると、その三一連隊と第五連隊の生き残り数人は、増援部隊として大連《だいれん》に到着。まず沙河《さか》会戦（98ページ）に参加し、次に黒溝台《こっこうだい》会戦（100ページ）で秋山好古支隊の救援をした。

この会戦での犠牲は大きく、第八師団は戦死一二〇一、戦傷三九二二を数え、それは日本軍の損害の半数以上を占めた。ただし、八甲田での経験は十分に生かされ、凍傷患者はひとりも出さなかったという。だが、八甲田で雪中行軍を行ない、「寒冷対策の装備に対して改良をうながし、極寒地での戦争を勝利へと導いた」と称された兵士のなかで、日本へ凱旋《がいせん》できた人はほとんどいなかった。

9 新兵器に情報網――日露戦争は「科学技術の戦い」でもあった

日本海海戦（106ページ）では互いに多くの砲弾を撃ち合い、相当の被弾があったが、日本が水雷艇《すいらいてい》三隻を失っただけなのに対し、ロシアのバルチック艦隊は三八隻のうち、一九隻が撃沈されている。まず日本軍の優秀な砲撃は、艦橋《かんきょう》に据《す》えられた距離計測器によって支えられていた。

加えて、ロシア艦隊の被害として、とりわけ火災被害が大きかったのは、連合艦隊の砲弾に充填《じゅうてん》されていた下瀬《しもせ》火薬と伊集院信管《いじゅういんしんかん》が、威力を発揮したからである。下瀬雅允《まさちか》が考案したその名も下瀬火薬は、ピクリン酸を主体とするもので、爆発力、焼夷《しょうい》力ともに効果の高い炸薬《さくやく》だった。

それは伊集院五郎による伊集院信管と組み合わせることで、より力を増した。

伊集院信管は、一九〇〇（明治三十三）年の完成。当時海軍少佐だった伊集院五郎が開発した弾底着信管で、砲弾が海面に落下しただけでも作動して爆発する鋭敏な信管であった。つまり敵艦に命中せずとも、海面で炸裂した砲弾の破片と爆風が、乗組員を倒すことになるわけだ。

また、艦に命中すれば、下瀬火薬の効果により、甲板は炎に包まれた。

さらに日本は、通信網でもロシアを凌《しの》いでいた。情報の重要性を痛感していた日本軍は、通信を傍受される可能性が高い従来の国際電信ルートを切り捨て、アメリカやイギリスと電信連絡を取ることのできる海底ケーブル設備を構築していた。日本軍は本土と対馬《つしま》を海底ケーブルで結び、対馬～台湾～福州～香港経由で、同盟を組むイギリス線との接続を実現させていたのである。

そしてバルチック艦隊の姿を初めて発見した「信濃丸《しなのまる》」が出した有名な警報「敵艦隊見ユ」は、世界戦史上、初めて用いられた無線電信によって伝えられた。

一九〇〇（明治三十三）年以降、海軍の軍令部《ぐんれいぶ》は無線の研究を行なっていたが、開戦直前の一九〇三（明治三十六）年、木村駿吉《きむらしゅんきち》によって三六式無線電信機が完成した。日露戦争の際にはこの三六式無線電信機が用いられた。この無線が発する情報により日本軍はバルチック艦隊が対馬沖を通過することをいち早く知ることができたのだ。

10

秋山兄弟が暮らし、子規が出世を夢見た東京の街並みとは？

● 1904（明治37）年頃の東京

明治維新ののち、東京への遷都が行なわれると、以後東京には多くの軍事施設が置かれるようになる。また、東京帝国大学などの学府が建ち並び、立身出世を夢見る若者たちが我先にと上京。秋山兄弟や正岡子規が暮らした東京は、まさに中央集権国家の首都としての様相を整えていった。

※区名は現在のもの

11 日本兵の「武士道」とロシア兵の「騎士道」

日露戦争を戦った指揮官たちには、江戸時代の教育を受けてきた者が多く、武士道精神を身につけている人が多数いた。

旅順港《りょじゅんこう》封鎖の最中、連合艦隊は「初瀬《はつせ》」、「八島《やしま》」という二大戦艦を触雷《しょくらい》によって一気に失ってしまう。それは、保有する戦艦の三分の一を失うという致命的な被害でもあった。しかし、連合艦隊司令長官・東郷平八郎は顔色を変えず、動揺も見せなかった。東郷のこの強靭《きょうじん》な精神力は、まさに武士道精神の恩恵といえた。

秋山好古も同様である。黒溝台会戦（100ページ）では、ロシア軍を撃退したが、戦場に敵方の兵士の死体や馬の死骸《しがい》が散乱しているのを見て、「埋めてやれ」と命じた。第二艦隊を指揮し、蔚山沖《ウルサンおき》海戦（90ページ）にてウラジオストク艦隊を撃破した上村《かみむら》彦之丞《ひこのじょう》に至っては、波間に漂うロシア兵の救出を命じ、武士の鑑《かがみ》と称えられている。

旅順攻略戦（94ページ）に成功した乃木希典《のぎまれすけ》もまた、武士道を世界に示したひとりである。旅順要塞陥落後に行なわれた水師営《すいしえい》の会見では、降伏したロシア軍の司令官ステッセルに帯刀《たいとう》を許し、さらに、海外の報道員が写真撮影を申し出たところ、乃木はあくまで同列に並んだ写真のみを撮らせたのである。

そんな指揮官たちに率いられる兵たちも、武士の気質を持ち合わせていた。

当時は、戦闘が続き遺体が辺りに散乱するようになると一時休戦となり、遺体回収作業が行なわれていた。血で血を洗う戦場にあって信じ難い話であるが、事実である。死体で埋め尽くされた壕《ごう》は役に立たなくなってしまうので、たしかに戦略的な意味もあったが、その間に両軍の将兵たちは互いの健闘を称え合い、時に交流さえ持ったという。日本人の武士道に対し、ロシア人たちは騎士道精神で応えたというわけだ。笑顔で肩を組み合う両軍の兵士を非戦闘時に撮影した写真が数多く残っている。

また、戦闘が終わった場合、死者は敵軍であっても収容した。日本兵は火葬、ロシア兵は土葬により処理された。この土葬は、ロシア人が信じるロシア正教に配慮したものと思われる。埋葬する際は、たとえ敵軍の人間でも戦死者に敬意を表わすのがならわしだった。

12 日本のスパイ大作戦はいたるところで繰り広げられた

戦争は戦力だけでなく、情報の量もその勝敗を大きく左右する。日露戦争における日本は、イギリス、ドイツ、オーストリア、フランス、スウェーデン、インドといった各国に駐在する公使《こうし》を総動員して、情報収集を行なった。その情報は、東京の大本営（54ページ）を通じて満洲の第一線部隊まで伝えられた。

日本軍で諜報《ちょうほう》部員として有名になった人に、明石元二郎がいる。開戦前、ロシア公使館付の駐在武官だった明石は、日露開戦と同時にストックホルムに渡り、児玉源太郎参謀次長から、「参謀本部付きの欧州派遣員に任命する。欧州のことは貴官に一任する」という内容の秘密電報を受け取り、大いに活躍した。明石の活躍は情報収集にとどまらず、反帝政ロシア勢力を結集し、後方攪乱《かくらん》にも大きく貢献した。

さらに日本軍は、かねてよりロシアの満洲進出を警戒し、シベリア鉄道や東清《とうしん》鉄道

● ロシアを倒せ! 日本のスパイ大作戦

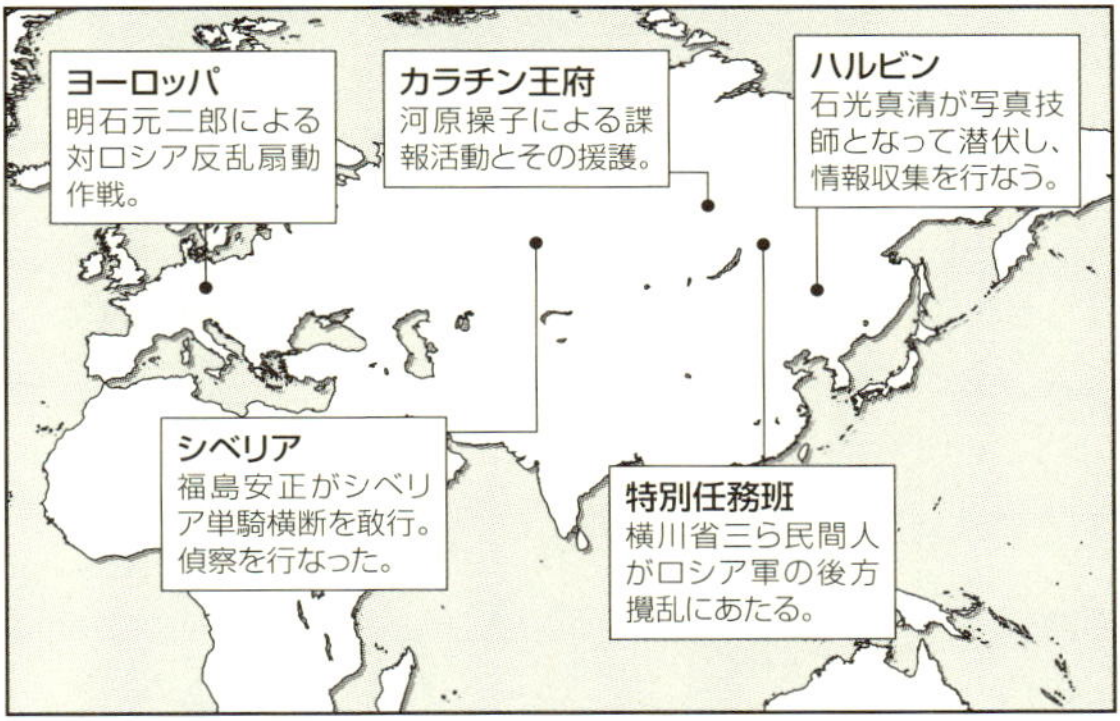
ヨーロッパ
明石元二郎による対ロシア反乱扇動作戦。
カラチン王府
河原操子による諜報活動とその援護。
ハルビン
石光真清が写真技師となって潜伏し、情報収集を行なう。
シベリア
福島安正がシベリア単騎横断を敢行。偵察を行なった。
特別任務班
横川省三ら民間人がロシア軍の後方攪乱にあたる。

日本軍は明石元二郎だけにとどまらず、民間人を含む多くの人が、アジア・ヨーロッパ各地で諜報・偵察活動を行なっていた。

沿線に多くの諜報部員を置いていた。満洲やロシアでは無数の中国人を雇い、工作員へと仕立てた。参謀本部から派遣された、花田仲之助《なかのすけ》大尉もそのひとりだった。彼は京都・西本願寺のウラジオストク別院で、清水松月《しみずしょうげつ》という僧侶名を名乗り、機密調査にあたっていた。日露開戦後、中国人馬賊隊で編制した「満洲義軍」の総指揮官として、花大人《ホアターレン》という人物の名が知られている。それはほかでもない、花田の尊称だったのである。

さらに内モンゴルのカラチン王府に教師として赴任していた民間人の河原操子《かわはらみさこ》もまた、対露工作に関わった。若く美しい女性も危険な情報戦に身を投じていたのだ。

13 将校とは、狭き門・士官学校から輩出されたエリート軍人

『坂の上の雲』では、秋山兄弟を始めとして、多くの軍人たちが活躍するが、果たして当時軍人になるには、どのような道があったのだろうか。軍隊を強くするためには、その指揮官である将校が優秀でなければならない。そこで、陸軍も海軍も士官養成学校を創設し、未来の指揮官を育てあげるシステムをつくった。

陸軍は当初、もと武士階級の希望者のなかから維新時の功績と履歴をかんがみ、人員を集めていた。しかし、徴兵《ちょうへい》制を確立するとなると、武士階級以外の優秀な人材にも門戸を開く必要が出てきた。

一八七〇（明治三）年、かつての身分に関係なく応募できるように、大村益次郎は大阪兵学寮《へいがくりょう》を創設した。それから間もなくの一八七四（明治七）年、陸軍士官学校が兵学寮から独立し、翌年に生徒募集が行なわれた。秋山好古はこの三期生として一八

七七（明治十）年に入学している。

一八九七（明治三十）年、陸軍地方幼年学校から陸軍中央幼年学校を経て、半年の士官候補生ののち陸軍士官学校へ、もしくは中学校卒業後、士官候補生一年で陸軍士官学校へという陸軍士官養成システムができあがった。士官学校卒業後、見習士官半年で少尉に任官されることとなる。

一方、海軍の士官養成は、海軍兵学校で行なわれた。同校は一八六九（明治二）年に東京築地《つきじ》に置かれた海軍操練所《そうれんじょ》を前身とし、各藩から志願者を募って教育を始めた。翌一八七〇（明治三）年、海軍操練所は海軍兵学寮と改称。東郷平八郎はこの頃、政府から軍艦「龍驤《りゅうじょう》」への乗り組みを命じられ、海軍士官としての歩みを始めている。

一八七六（明治九）年、海軍兵学寮は海軍兵学校へと名を変える。イギリスの海軍士官が招かれ、オランダ式からイギリス式の海軍へと転換が図られていく。

入学年齢は一六～一九歳であったが、一八八六（明治十九）年に秋山真之は、一九歳で入学している。彼の在籍中の一八八八（明治二十一）年、学校施設は広島県の江田島へと移転。以後「江田島」は海軍の代名詞ともなっていく。海軍兵学校を卒業すると、候補生を経て少尉に任官され海軍士官としての道が始まった。

14 選抜の最後は抽選だった!?――徴兵制度

明治政府が徴兵による常備軍を導入したのは、近代国家誕生からまだまもない一八七三（明治六）年だった。その後、一八八三（明治十六）年と一八八九（明治二十二）年に徴兵令の改正が行なわれ、ようやく徴兵制度は確立した。

町村で行なわれた徴兵の仕組みは次のようなものだった。

まず町村長が戸籍簿から、満二〇歳（男子）の徴兵適齢者の名簿を作成する。これに基づき連隊区徴兵署が身体検査を行なう。男子は身体や体格の良否で、甲《こう》種・乙《おつ》種・丙《へい》種までの合格者と、兵役免除の丁《てい》種に分けられ、甲種、乙種合格者のなかで抽選で、当たった者が入営した。以後陸軍は三年間、海軍は四年間の兵隊生活を送ることになる。この兵役を終えると予備役《よびえき》となった。一方、抽選に落ちた甲種、乙種の者は現役の欠員要員となった。戦時となれば、まず現役の兵隊が出征し、兵力が不足すると、現役を終えた後備役兵や欠員要員となっていた者に対し、召集がかかった。日露戦争時の現役兵は一五万弱で、動員された陸軍軍人の総数は約一〇八万。大部分は召集兵に頼っていたことになる。

また、当時の兵制は徴兵と、志願兵制度があり、海軍はとくに志願兵制度に力を入れていた。

兵役を回避するために、知恵を絞った人たちもいた。一八八三（明治十六）年に法改正されるまでは、二七〇円の代人料を払えば、兵役は逃れることができた。しかし、金持ち優遇との批判によりやがて廃止になる。一家の長は徴兵免除だったため養子縁組も流行したが、この手を使う人が続出したため一八八九（明治二十二）年には取りやめになった。文部省が指定した高校や大学、専門学校などに進学すれば、二六歳までは兵役を免除してもらえたほか、海外留学や海外勤務など、外国への逃避も有効だった。また北海道や沖縄は当時、開発のために徴兵を行なわなかったので兵役を逃れるために移住する人もいた。そのほか、コネもあれば、行方不明になってしまうという手もあった。わざと犯罪を起こして刑に服したり、指を切るなどして身体を傷つけ、体格面で不合格になる者まで現われたのである。

15

日本から指令を送っていた大本営ってどんな機関？

戦時において、天皇の隷下に設置される天皇直属の最高統帥機関が、大本営である。『坂の上の雲』では影が薄い感があるが、連合艦隊や満洲軍より上位の重要な存在である。日本の陸海軍は、それぞれ軍政部門と軍令部門に分かれていた。軍政部門は軍隊の編成や給与などの維持・管理を司り、陸軍省と海軍省がそれぞれ取り扱っている。

一方の軍令部門は軍隊の作戦や動員計画などを司り、陸軍は参謀本部、海軍は軍令部がこれを担った。平時では別々でも問題はないが、非常時に陸海軍は意思統一を図る必要が出てくる。そこで両軍令部門は戦争や事変が起こると統合され、大本営が組織された。大本営陸軍部（参謀本部）は参謀総長が、大本営海軍部（軍令部）は軍令部長が総括した。日清戦争直前の一八九三（明治二十六）年、初めて広島に大本営が置かれ、戦後解散した。日露戦争では皇居に置かれ、戦争終結後に解散している。

16 最大の恥辱は、軍旗を奪われること——旭日旗の意味

日本の国旗というと日の丸だが、映画や漫画などで見る日本軍の旗といえば、太陽の光線まで描かれた旭日旗《きょくじつき》である。旭日旗は、日の丸に一六条の光線を描いたもの。これは、陸軍が一八七〇（明治三）年に軍旗として採用したのが始まりだった。軍旗は連隊旗にあたり、歩兵・騎兵各連隊の創設の際には、天皇から授与される神聖なものであった。それは天皇の分身であり、連隊の魂として丁重に扱われた。軍旗を奪われることは最大の恥辱であり、もしその危険が迫ったときは焼却されることとなっていた。かつて乃木希典も西南戦争で軍旗を奪われ、殉死《じゅんし》の際にその理由のひとつとして遺書に認《したた》めている。一方の海軍では長く日の丸を軍艦旗と決めて艦首に掲揚していたが、一八八九（明治二十二）年、軍旗として旭日旗を掲げることを決定。日章《にっしょう》の中心を竿《さお》側にずらした図案の旭日旗が用いられた。

参謀は、いったい何をしていたの？

参謀とは、師団以上の組織に配属され、指揮官のもとで作戦計画を担《にな》う人々である。通信の計画立案なども参謀の重要な役割であったが、部隊への指揮権はなかった。満洲軍総参謀長・児玉源太郎や、第一軍の藤井茂太《しげた》、第三軍の伊地知幸介《いじちこうすけ》など、個性豊かな参謀が『坂の上の雲』には登場する。秋山真之も連合艦隊の作戦参謀であった。

彼らが立てる作戦によって戦いは左右されるため、やはり優秀な人間でなくては務まらない職務で、参謀になるためには、陸軍大学校を卒業しなければならなかった。

とくに日本の陸軍では、指揮官は寡黙《かもく》にどんと構え、実際の作戦は参謀に任せるというケースがほとんどを占めた。最後の決裁のみ行なうのだ。だから「攻略せよ」という命令が指揮官から発せられても、そのほとんどは参謀からの指示だったといえる。しかし、日露戦争以降はその権限を振りかざす傾向が見られ、多くの弊害《へいがい》を生んだ。

18 胸元にジャラジャラ——勲章はどうすればもらえる？

乃木希典や東郷平八郎といった有名な軍人の軍服は、たくさんの勲章で飾られている。これらは一体どうすれば手にすることができたのだろうか。

大日本帝国時代、軍人・軍属に与えられる勲章のなかでも、最高の誉《ほま》れとされたのが金鵄勲章《きんしくんしょう》だった。戦場において特別の功績を上げた将校・軍属に授けられ、功一級から功七級まであった。功一級では九〇〇円、功七級では六五円の年金がもらえるという実利も伴った。日露戦争では、約一一万人が金鵄勲章を受けている。

一九四〇（昭和十五）年以降は戦死者に限定されたが、日中戦争と太平洋戦争では実に八一万人もの人が受章した。そのほかには、軍人だけでなく国の功労者に広く与えられる旭日章《きょくじつしょう》、多年の功労が認められた者がもらえる瑞宝章《ずいほうしょう》などがあった。また、戦争に参加した人に、階級や功績に関係なく与えられる従軍記章《じゅうぐんきしょう》もあった。

19 「軍神」と崇《あが》められた人々

日本軍には「軍神」とされた人たちがいた。そのひとりが広瀬武夫少佐である。広瀬は、旅順口閉塞《りょじゅんこうへいそく》作戦（82ページ）に指揮官のひとりとして加わっていた。ロシア艦隊が居座る旅順港の狭い入口に老朽船をわざと沈め、艦隊を閉じ込める作戦である。それは多くの危険を伴う作戦だった。ロシア軍の要塞から集中砲火を浴びるなかで、乗っている船を爆破して水雷艇に乗り換え、味方の船まで戻るのである。

広瀬は沈没する船のなかで、行方がわからなくなった部下の杉野孫七上等兵曹《まごしちじょうとうへいそう》を必死で探し、諦《あきら》めて戻る途中で、砲弾の直撃を受けて戦死した。

この最期の様子が新聞に掲載されると、全国から彼を称える声があがった。そして「軍神」と崇められるようになったのである。しかしそこには、軍部の意図が働いていた。

海軍軍令部参謀として働いていた小笠原長生《ながなり》少佐が、本来、軍の機密事項として発表する必要のない広瀬の戦死を、自らの判断で「大本営海軍幕僚《ばくりょう》公報《こうほう》」に載せたのだ。広瀬は、勇猛であるだけでなく、ロシアに留学し、駐在武官にもなったいわゆるエリート軍人だった。

そういった人物が自ら砲弾飛び交う最前線に立ち、部下を気遣《きづか》って戦死を遂げるという悲劇を伝えることで、一般の国民と軍との距離を縮めようとしたのである。国民が一体となって戦意を高揚させることが、当時は求められた。

それはもうひとりの軍神、橘周太陸軍少佐にもいえる。橘は遼陽《りょうよう》会戦（92ページ）の首山堡《しゅざんぽ》の戦いで命を落としたが、重傷を負いながらなおも前進し、突撃した人物として陸軍側の軍神に祀《まつ》り上げられた。橘は、皇太子付の武官を務めた経験があり、著書もあるというやはりインテリ軍人だった。さらに第二軍管理部長という従軍ジャーナリストを世話する職にあり、彼らと親しかったことがより、その軍神化を加速させたのだろう。

のちに乃木希典を祀る乃木神社、東郷平八郎を祀る東郷神社など、国家のために働いた軍人の徳を称える神社もつくられ、彼らもまた軍神として崇められていった。

20
戦場が色とりどり！――途中から変更された明治の軍服

日露戦争当時、戦場ではどのような軍服を着ていたのだろうか。

日本で近代的軍装を最初に取り入れたのは、天皇の護衛兵「御親兵《ごしんぺい》」だった。一八六八（明治元）年、東京遷都《せんと》により天皇が東上する際の護衛に、初めて着用された。

さらに一八七三（明治六）年、徴兵令が公布されると、近代的軍装が採用された。

日露戦争の開戦当初、陸軍の将兵は黒地に赤や黄を使った派手な色遣いの服を着ていた。将校は肋骨服《ろっこつふく》と呼ばれる文字どおり肋骨のように刺繍《ししゅう》が入った軍服を着ていたが、それも黒地に、兵よりさらに派手な黄色の刺繍が施されていた。しかも細身で動きにくいという難点もあった。また、騎兵に至ってはフランス騎兵をモデルに、黒地に赤い肋骨のような刺繍が施された軍服を着ていた。たしかに見た目にはかっこいい。だが、茶褐色《ちゃかっしょく》の満洲の戦場ではどうにも目立ちすぎた。これでは敵にすぐ存在を知ら

● 歩兵の下士卒軍衣

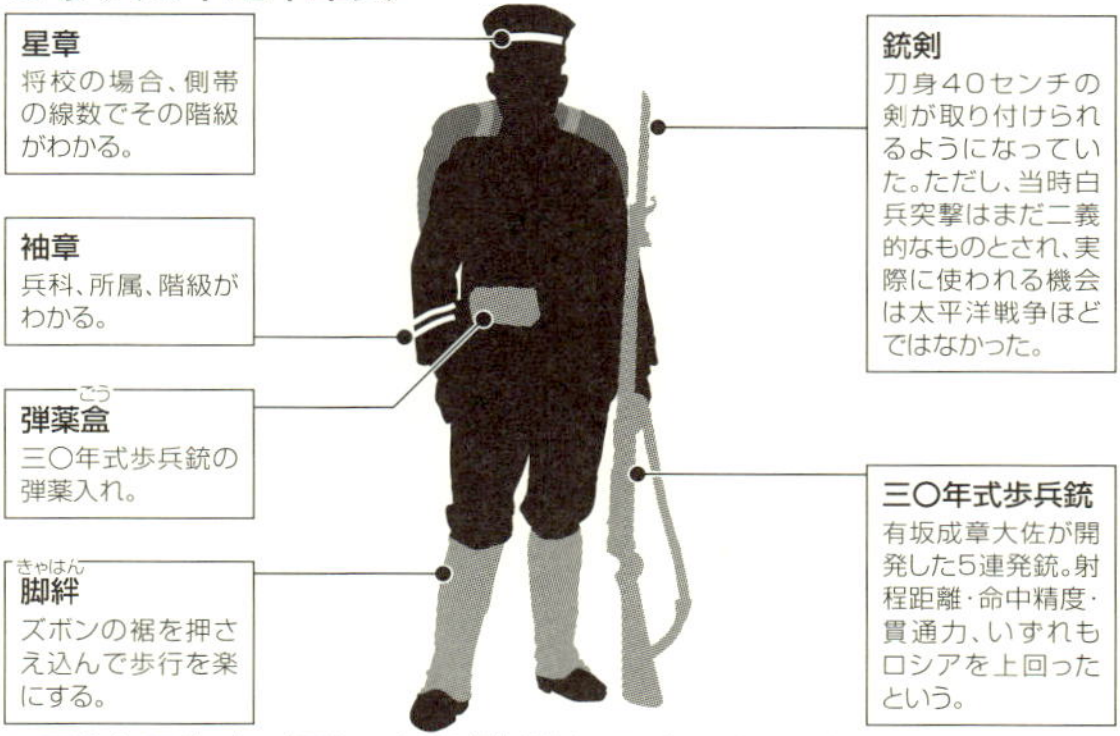
星章
将校の場合、側帯の線数でその階級がわかる。
袖章
兵科、所属、階級がわかる。
弾薬盒《ごう》
三〇年式歩兵銃の弾薬入れ。
脚絆《きゃはん》
ズボンの裾を押さえ込んで歩行を楽にする。
銃剣
刀身40センチの剣が取り付けられるようになっていた。ただし、当時白兵突撃はまだ二義的なものとされ、実際に使われる機会は太平洋戦争ほどではなかった。
三〇年式歩兵銃
有坂成章大佐が開発した5連発銃。射程距離・命中精度・貫通力、いずれもロシアを上回ったという。

日露戦争開戦時、部隊の多くが濃紺絨の軍衣で戦場に赴いた。しかし、満洲の戦場では目立ちやすく、やがてカーキ色のものに変更された。

れてしまう。そこで急遽《きゅうきょ》、戦場の土地の色に近い、野戦用のカーキ色の服の開発が進められたのだが、将校の軍装の費用は各自が持っていたため、一時期、戦場には派手な赤や黒といった軍服と、カーキ色の軍服の両方が混在するという事態が起きた。

新しい軍服は兵力大動員に合わせて、大量製造された。夏は茶褐色で厚手木綿の軍服が支給された。また、冬には戦地の極寒を防ぐための防寒着も支給された。

一方の海軍では、一八七〇（明治三）年に軍服を制定した。例によって士官と下士官の制服はまったく違ったが、基本は紺と白だった。夏は白の軍装で、陸戦隊ではカーキ色も取り入れられた。

21 「日本軍は機関砲を持っていなかった」この伝説は本当？

日露戦争中につくられた日本軍神話の代表的なものに、「ロシア軍は機関砲を持っていたが、日本軍にはなかった」というものがある。

一九一四（大正三）年に陸軍大学校を卒業した元陸軍中将で戦史研究家の桑木《くわき》崇明《たかあきら》の著書『陸軍五十年史』には、「兵器に就《つい》ては、日露戦役の経験によれば、その火器に於《おい》て彼我《ひが》を較《くら》ぶるに、我の彼に及ばざるもの多く、殊《こと》に自動火器に於ては戦争当初我は一機一門の機関銃、砲を有《も》たなかったのであった」とある。

果たして、日本軍の将兵は、機関砲の乱射をものともせず敵陣に突っ込み勝利を重ね、またロシア軍の攻撃を砲撃と小銃だけで撥《は》ね返したのだろうか。

もちろん、決してそのようなことはない。すでに、日本軍は一八九五（明治二十八）年の台湾攻略戦の時、マキシム式機関砲を三六挺実戦で使っている。明治二十年代にイギリスよりマキシム機関砲を輸入した日本軍は、これを設計変更した上でコピー生産していたのだ。その後の日露戦争で最も多く用いられたのが、保《ほ》式機関砲である。これはフランス製のホチキス機関砲をコピー生産したものであった。

また、機関砲が国家間の戦争で使われたのは、世界的にも日露戦争が最初だったといわれる。とくに旅順攻略直前の頃から、一気に損害を与えることのできる機関砲は、戦術的に有効だとの認識が生まれるようになった。

騎兵旅団を率いた秋山好古は、騎兵部隊への機関砲配置を早くから訴え続けており、これが繋駕《けいが》機関砲隊として騎兵旅団に配備された結果、コサック騎兵に対して大きな戦果をあげている。また、沙河会戦（98ページ）においても騎兵第二旅団がロシア軍に対して機関砲を用いて大きな損害を与えている。

しかし全体的にみると、ロシア軍に合わせて慌てて機関砲を配備したため、明確な機関砲戦術は確立されないまま日露の戦いを迎えており、使いこなした感は薄い。日露が初めて機関砲の砲火を交わした南山《なんざん》の戦い（86ページ）でも、ロシアの一〇挺に対し日本は四八挺も投入したが、ほとんど活躍しなかった。奉天会戦（103ページ）の際には、日本は保式を二六八挺も使用し、それに対してロシアはわずか五六挺だった。

22 バルチック艦隊は日本に着く頃にはヘトヘトだった！

極東での思わしくない戦況を変えようと、ロシアが誇るバルチック艦隊が出港したのは、一九〇四（明治三十七）年十月十五日の朝だった。バルチック艦隊は正式には第二太平洋艦隊と、のちに編制される第三太平洋艦隊の総称である。

戦艦八隻を中心に三八隻もの軍艦から成る威容は、まさに世界最強の大艦隊であった。

だが、そんな大艦隊が、出港から間もない二十四日深夜、なんと北海でトロール漁のために網を投げ入れていたイギリス漁船を二〇分にわたって攻撃し、一六人の死者を出してしまう。漁船を機雷敷設中の日本艦と勘違いしての攻撃であった。

これが世に知られる、ドッガー・バンク事件である。

その行為に対してイギリスのエドワード国王は大いに憤慨《ふんがい》し、閣議を開いた。新聞は、ロシア艦隊の航海を禁止すべきだとの論を展開し、国際問題にまで発展しかねない大事件となる。結局、イギリス政府は外交交渉により、翌年二月にパリで賠償金を支払わせることでロシアと合意。バルチック艦隊は態勢を立て直し、再出発した。しかし、バルチック艦隊の航海はこの事件により、簡単なものではなくなった。

日本政府は、日露戦争で同盟を結んだそのイギリスを通じて、バルチック艦隊への補給をしないよう各国へ働きかけた。エジプトには、スエズ運河通過を阻止するよう要請したが、期待するような返答は得られなかった。中立を表明しているヨーロッパ諸国も、大国ロシアを表立って非難したくはない、関係は保ちたいという思惑を持っていたため、対応は国によってまちまちだった。

それでもケープタウンなどイギリスの支配下にあった港では、ロシア艦隊の寄航は許可されなかった。また、「英仏協商」から、ロシアの同盟国であったフランスもイギリスの圧力に屈し、ロシアに港を使わせることを躊躇《ちゅうちょ》した。その結果、バルチック艦隊は、マダガスカルからカムラン湾まで二八日にわたって寄航できないなど、十分な休養もできず、食料の補給もままならなくなった。こうした難問を乗り越えてようやく日本近海に到達した頃には、兵員たちの体力も戦意も尽きかけていたのである。

出港は1904年10月15日だが、このバルチック艦隊の航行は大きな難問を抱えての旅であった。何より新造艦あり、老朽艦あり、練習艦あり……といった具合に、艦隊そのものが寄せ集めだったこと。これは、当時の海戦は「艦船の多寡によって決まる」といった思想に起因する。足手まといの船を気遣いながら、地球をほぼ4分の3回って約3万キロの航海の果てに日本の連合艦隊と戦わねばならなかった。

● 苦難の連続だったバルチック艦隊の東航

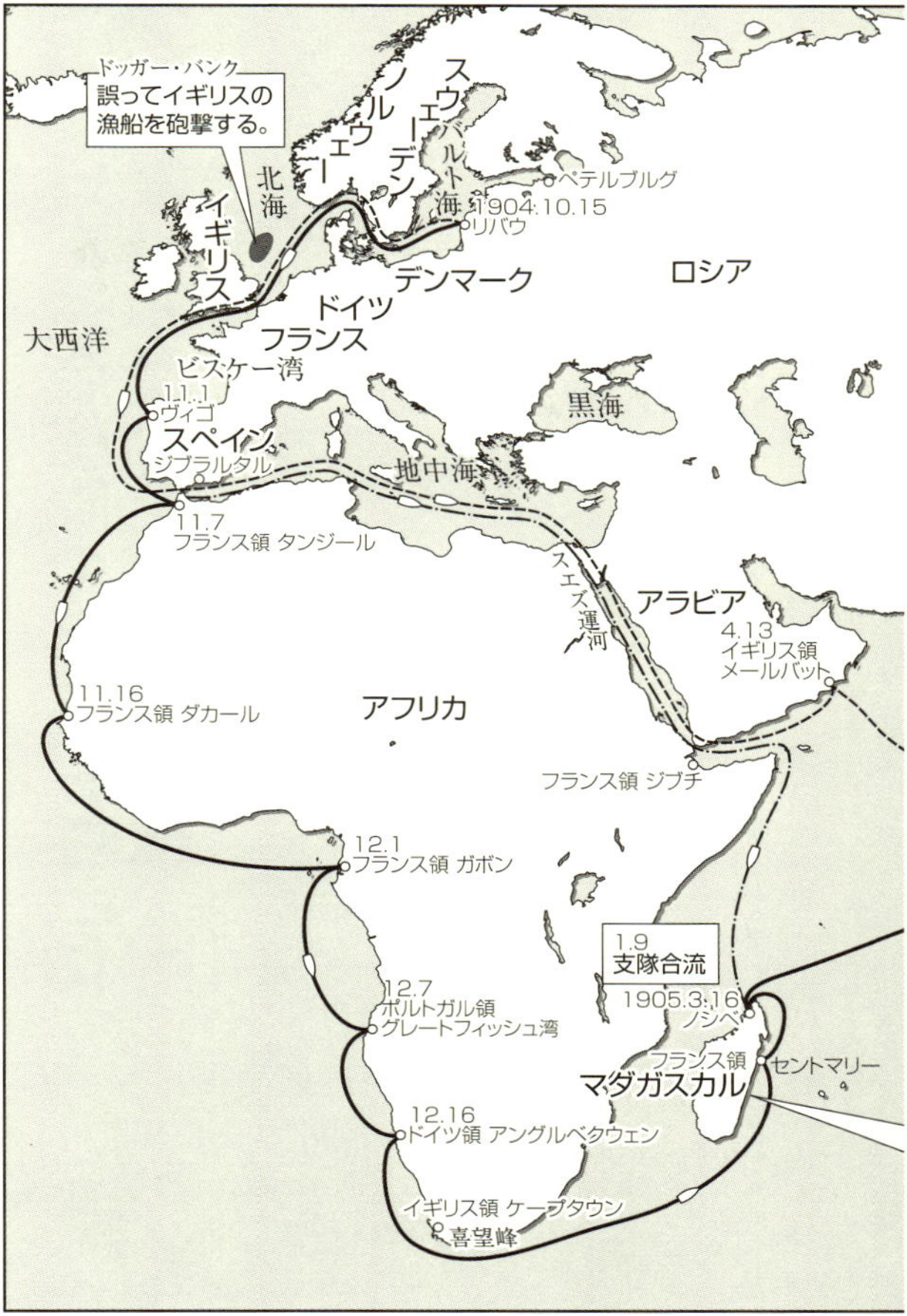
ドッガー・バンク
誤ってイギリスの漁船を砲撃する。
スウェーデン
ノルウェー
バルト海
北海
イギリス
ペテルブルグ
1904.10.15
リバウ
デンマーク
ロシア
ドイツ
フランス
大西洋
ビスケー湾
11.1
ヴィゴ
スペイン
ジブラルタル
地中海
黒海
11.7
フランス領 タンジール
スエズ運河
アラビア
4.13
イギリス領
メールバット
11.16
フランス領 ダカール
アフリカ
フランス領 ジブチ
12.1
フランス領 ガボン
1.9
支隊合流
1905.3.16
ノシベ
12.7
ポルトガル領
グレートフィッシュ湾
フランス領
セントマリー
マダガスカル
12.16
ドイツ領 アングルペクウェン
イギリス領 ケープタウン
喜望峰

23

日本連合艦隊の旗艦「三笠」に襲いかかった数々の試練

日露戦争における連合艦隊の旗艦「三笠」は、当時、最新技術の粋《すい》を集めた戦艦だった。三年もの歳月をかけ、八八〇万円（現在の九〇〇億円以上）の巨費を投じて、イギリスのヴィッカーズ造船所でつくられた、日本海軍のエースともいえる存在だ。

主砲の三〇センチ砲は、一万メートルもの飛距離を持ち、その砲弾は四〇〇キログラム。命中すれば、相手の船に深刻なダメージを与えるだけの十分な破壊力を持っていた。連合艦隊はこの「三笠」を中心に、バルチック艦隊を打ち破ったのである。

海軍の象徴的存在となった「三笠」であるが、日露戦争後はいくつもの試練が待ち受けていた。戦後間もなく火薬庫の爆発により沈没。なんとか引き揚げられたものの、一九二三（大正十二）年に発生した関東大震災で、浸水の被害に遭う。その後は世界的な軍縮の流れのなかで、解体案も浮上したが、国民の反対により、記念艦として保

存されることが決まった。

やがて日本が太平洋戦争に敗北すると、進駐軍による解体命令を受けて、「三笠」の武器はすべて取り外されてしまう。さらにソ連側からは、何度となく廃棄要求をつきつけられるなか、ダンスホールに改造されるなどしていった。

しかし、危機に陥るたびに内外から保存運動が起こったのである。なかでも有名なのは、イギリス人で、「三笠」を製造した都市に住む商人ジョン・ルービンの活動だ。

一九五五(昭和三十)年、ルービンはあまりに荒れ果てた「三笠」の姿を見て驚き、きちんと保存するよう「ジャパン・タイムズ」に投稿した。この記事をたまたま読み、保存運動を展開したのが、アメリカ海軍のニミッツ提督であった。ニミッツといえば、太平洋戦争開戦後、太平洋艦隊司令長官に任ぜられて以降、アメリカ軍の反撃を主導して戦局を挽回。ついには連合艦隊を壊滅に追い込んだ人物である。だが彼は連合艦隊に引導を渡した人物でありながらも、かつて東郷平八郎に憧れ、尊敬していた。

こうした意外な人々の働きかけが実を結び、一九六一(昭和三十六)年、復元記念式典が行なわれた。そして「三笠」は往時の姿を取り戻した。現在では、第二次世界大戦前の唯一の戦艦として、貴重な文化財となっている。

24

小舟を一七〇キロも漕いだ、宮古の久松《ひさまつ》五勇士

——敵艦隊らしき煤煙《ばいえん》見ゆ、二〇三地点——

日本海海戦（106ページ）に先立ってバルチック艦隊の位置を最初に連合艦隊へと知らせたのは、哨戒艦《しょうかいかん》「信濃丸」である。時間にして一九〇五（明治三十八）年五月二十七日午前四時四〇分。その功績は、大勝利への貢献大とされ大いに喧伝《けんでん》された。

だが実は、これより四日も早くバルチック艦隊を発見した日本人がいた。五月二十三日、沖縄本島から南西に約三二〇キロ。紺碧《こんぺき》の海に囲まれた宮古島で、地元の漁師たち（発見者を商人とする説もあり）によってバルチック艦隊の姿が目撃されていたのである。

当時海軍は、バルチック艦隊が対馬沖を通ると予想していたものの、未だ確実な情報はなかった。そこで、多くの哨戒艦を配置する一方、沿岸の住民にも協力を要請し

ていたため、漁師たちにはその艦隊が何かわかった。彼らは、宮古島に戻るや、島の役場に報告。役場もすぐに通報したいところであったが、なんと宮古島にはまだ電信の設備がなく、報告する手段がないのだ。

　こうなっては船で石垣島まで行き、そこで電報を打つしか手はない。しかし、石垣島までは一七〇キロもある。全力で漕《こ》いだとしても、一五時間はゆうにかかるだろう。もはや途方に暮れるしかない……。

　だが、発見者のふたりに三人の漁師が新たに加わり、自ら石垣島に行くと志願したのである。五人はカヌーを思わせるような小さな舟に乗り、出発。懸命に漕ぎ続け、荒波を越えて前進した。

　かくして彼らの報告が大本営海軍部に発信されたのは、五月二十八日午前七時十分のこと。すでに日本海海戦の勝敗は明らかとなり、バルチック艦隊は壊滅状態となっていた。彼らの報告は、戦局に大きく関わるものではなかったのである。

　だが、戦後この事実が明らかになり、大きく報道されるようになった。漁師たちの出身が久松集落であったことから、彼らは久松五勇士として称えられ、いまなお語り継がれている。

25 出征兵士の心を癒《いや》した、郵便のやりとり

日露戦争では実に四億通もの軍事郵便がやりとりされた。軍事郵便とは出征した将兵が出す、もしくは出征した将兵に発送される郵便のことで、野戦郵便局が取り扱った。日本に軍事郵便制度が導入されたのは、日清戦争直前の一八九四（明治二十七）年だった。日清戦争の際には、将校などの高級士官（一ヶ月に三通までは無料）を除いて有料だったが、日露戦争でそれは撤廃され、戦地から内地へのハガキや手紙は、無料で配達された。反対に、戦地の軍人に宛てる手紙は有料だった。この無料の軍事郵便は終戦後も続けられてしまい、郵政事業の経営悪化を招いた。

さらに戦地同士でも盛んに手紙のやりとりが行なわれていた。互いの安否を気遣うだけでなく、負傷や病気になった時にはいち早くその事実を内地の後援会に送るという、ネットワーク的な役割を果たしていたのである。

26 「正露丸」は「征露丸」だった

お馴染《なじ》みの正露丸は、実は日露戦争の時に開発されたものである。当時は、あらゆる商品に「露西亜《ロシア》を征服する」という意味で、「征露」という名前がつけられたが、征露丸もそのひとつだった。一九〇三（明治三十六）年、陸軍軍医学校教官三等軍医正である戸塚機知《とつかみちとも》は、クレオソートのチフス抑制効果を発見した。それは腸チフス、赤痢《せきり》、コレラなど消化器の伝染病に効く薬として、持続的に飲むよう定められた。

陸軍に脚気《かっけ》がはやった時、征露丸を入れた缶に軍医は『脚気予防のため一回一錠ずつ日に三回服用』と書いて配った。しかし、一度は飲むものの決して美味しいとはいえない薬を、みなすぐに吐き出してしまう。そこで『陛下のご希望により』というひと言を加えると誰もが真面目に飲んだという。戦後の一九四九（昭和二十四）年、国際信義に反するという理由から、その表記は「正露丸」へと変更された。

27 日露戦争の勝利は、寺子屋教育の賜物!?

日露戦争時の日本には、傑出した指導者が多数出た。その理由としてよくあげられるのが、国民全体の教育レベルが高かったことである。日露戦争を戦った人々はみな江戸時代に教育を受けていた。江戸時代の武家の識字率は一〇〇%に近かったといわれ、庶民も多くが文字を理解できたという。武家の子供ともなれば『孫子《そんし》』などを読むのは珍しくなく、庶民の子供たちも、寺子屋で六、七歳から「読み書き算盤《そろばん》」などの初等教育を受けた。

福沢諭吉《ふくざわゆきち》は、一八七八（明治十一）年に出版した『通俗国権論』で、イギリスよりも日本は識字率が上であり、世界一だ、と書いている。その後、初等教育はさらに充実し、一九〇七（明治四十）年にはほとんどの国民が読み書きができる状態だった。急速な近代化、そして日露戦争の勝利もこうした教育レベルの高さが支えていた。

28 好古は酒を飲みながら、真之は豆を食いながら

『坂の上の雲』の主役だった秋山兄弟。ふたりにはそれぞれ、戦場でかたときも手離さないものがあった。

まず兄・好古は酒である。日本酒、ブランデー、中国人から買った高粱酒《こうりゃんしゅ》など、なんでも飲んだ。最前線の馬上では水筒に入ったブランデーをラッパ飲み。作戦を練る時も、砲弾が飛び交うなかでも、ひとり黙々と酒を飲んでいたという。一日五合は飲むという酒豪の好古にとって、酒は燃料のような趣《おもむき》があった。

対して弟の真之は、上着のポケットにえんどう豆やそら豆の煎《い》ったものを入れて、それをところ構わずぽりぽりと食べた。赴任先のイギリスなど、海外でも日本からわざわざ取り寄せていたらしい。もちろん戦艦「三笠」の作戦室でも同様だった。

天才肌の秋山兄弟。一歩間違えば変人といった雰囲気があったのだ。

29 戦場の清国は、日本に全面協力していた！

日露戦争の戦場となったのは、満洲。ロシアが実効支配しているとはいえ、日本領でもロシア領でもなくあくまで清国の領土である。では、戦場を提供する形になった清国は日露戦争に対して、どのような動きを見せたのだろうか。

開戦を翌年に控えた一九〇三（明治三十六）年十一月、参謀本部次長だった児玉源太郎は、砲兵連隊長・青木宣純《のぶずみ》大佐の自宅を訪ね、清国の実力者・袁世凱《えんせいがい》と協力して、満洲で撹乱作戦を行なってほしいと命じたのである。

青木は日清戦争が終結する頃から、袁世凱と交流を持ち、彼の信頼を得ていた。青木はただちに天津《てんしん》に向かい、袁世凱と会談した。

すると袁が早くも多数の調査員を旅順と満洲各地に派遣し、諜報活動を行なっていたことがわかったのだ。

日露戦争において清国は、表向きに中立の立場をとりながら、内実は日本に協力していたのである。とはいえ袁世凱は決して日本に好意を持っていたわけではない。もし日本が敗れれば、ロシアは清国をさらに侵略する。そうなれば清は滅びるだろう……。

そう考えた袁世凱はロシアに対する恐怖心から、日本に協力すると決めたのだった。日露戦争がついに開戦すると、青木が組織した特別任務班は、北京―モスクワ間の電線の切断、東清鉄道の主要橋の破壊などにとりかかった。袁世凱も、全面的に協力した。厳寒期、沙河の堤防に沿って塹壕《ざんごう》を掘る日本軍には、二〇万着もの冬服が清国から提供された。それだけでなく馬、牛、豚、野菜といった物資がたえず満洲へ供給されたのである。反対に、ロシアに対しては、密《ひそ》かに行なわれていた露清間の密輸入を妨害した。

さらにロシア軍の後方地域では、清国のスパイ組織と馬賊隊などが大いに活動した。袁世凱は清国下士官をいくつかの班に分け、ロシア軍への奇襲攻撃も行なった。

この袁世凱の協力がなければ、日本の勝利はより厳しいものになっていただろうと推測される。

30

『坂の上の雲』のタイトルに込められた意味とは？

『坂の上の雲』という題名に、司馬遼太郎はどんな意味を込めたのだろうか。

「こっけいなほどに楽天的な連中が、ヨーロッパにおけるもっともふるい大国の一つと対決し、どのようにふるまったかということを書こうとおもっている。楽天家たちは、そのような時代人としての体質で、前をのみ見つめながらあるく。のぼってゆく坂の上の青い天にもし一《いち》朶《だ》の白い雲がかがやいているとすれば、それのみをみつめて坂をのぼってゆくであろう」（『坂の上の雲一　新装版』「あとがき」より。文藝春秋）

列強に比べてごく小国だった日本が、まっすぐに国力強化へと向かった坂道。司馬が天才として描いた秋山真之が、秋山好古が、そして明治時代に生きた日本人が、ロシアに対する勝利という坂道をひたすら上りながら見つめた空、そこには輝く雲が浮かんでいる。司馬の頭には、そんな連想があったのかもしれない。

第2章

「日露戦争」12大決戦とその後

1

瓜生《うりゅう》戦隊の圧勝があってこそ、日本はロシアに第一戦目で勝てた？

―仁《じん》川《せん》沖《おき》海《かい》戦《せん》―

日本がロシアに対し、国交断絶を告げたのは一九〇四（明治三十七）年二月六日のことだった。その前夜、佐世保港に集結した連合艦隊に、出撃命令が下された。大本営は、まず旅順《りょじゅん》の港にいるロシア艦隊を退け、日本海と黄海《こうかい》の制海権を手中にしなければ、陸軍の物資を運ぶことも不可能だと考えていた。

第一艦隊と第二艦隊から成る総勢五五隻の連合艦隊は六日早朝、日本を出発した。その際、瓜生外吉《そときち》少将率いる第二艦隊第四戦隊は主力から分かれ、朝鮮の仁川港に向かった。瓜生の任務は、陸軍先遣部隊二二〇〇人が乗る三隻の輸送船を護衛し、その仁川上陸を助けること。同時に戦隊をもって、港にいるロシアの巡洋艦「ワリャーグ」と砲艦「コレーツ」を撃破することだった。

八日、仁川港に向かっていた瓜生戦隊は、出航したばかりの敵艦「コレーツ」を発見した。「コレーツ」は日本軍側の魚雷をかわすと、即座に港に引き返していった。

瓜生戦隊は「コレーツ」を追撃しながら仁川港へと入港する。そしてロシア艦隊に「九日正午までに仁川港を出なければ、戦闘行為をとる」と通告した。「ワリャーグ」のルードネフ艦長は、もう戦うしかないと判断した。

ロシア艦隊が海上に出ると瓜生は盛んに攻撃、敵艦は炎に包まれた。一時間を超える戦闘で、砲弾を使い果たした「ワリャーグ」は艦底の弁を開いて自沈。「コレーツ」もまた自爆装置を作動させた。

日露の第一戦「仁川沖海戦」は、こうして日本軍の圧勝に終わり、陸軍部隊の仁川上陸も成功した。

● 緒戦を勝利で飾った、仁川沖海戦

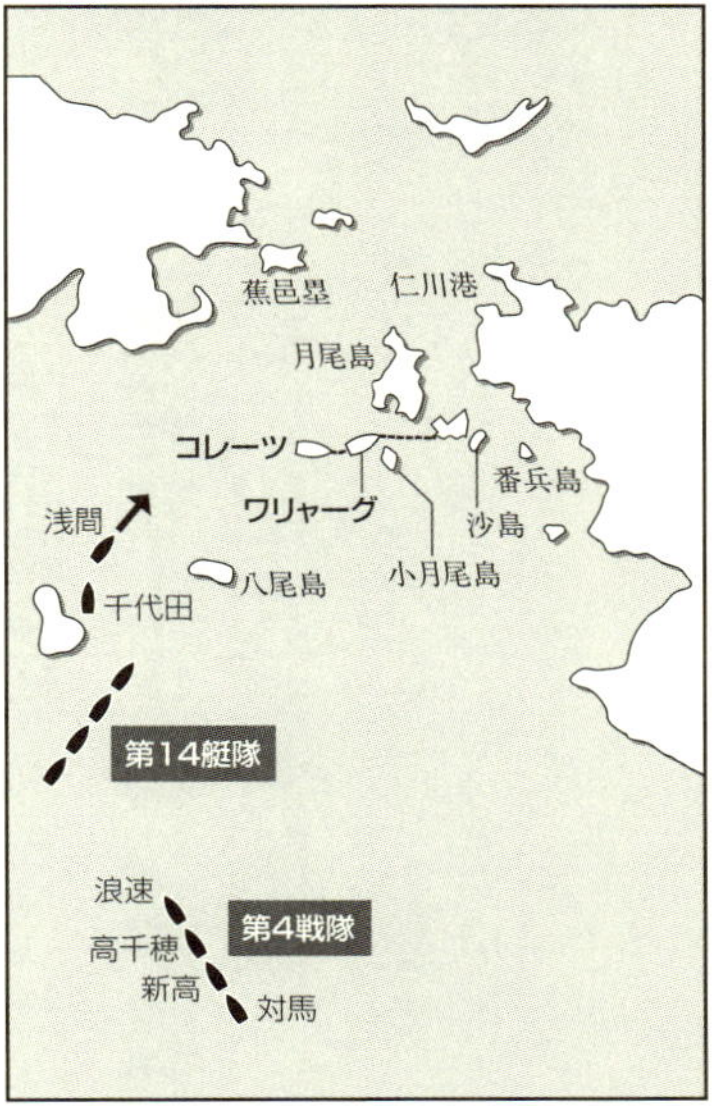

連合艦隊主力が旅順へ急行する一方、仁川上陸予定の陸軍部隊を護衛する瓜生戦隊は、仁川港停泊中のロシア艦2隻を撃破した。

2 広瀬死す——ロシア艦隊封じ込め作戦に出た連合艦隊

—旅順口《りょじゅんこう》閉《へい》塞《そく》作《さく》戦《せん》—

一九〇四（明治三十七）年二月六日、佐世保を発った東郷平八郎司令長官率いる連合艦隊は、旅順を目指した。その目的は旅順港にいるロシア艦隊を討ち、日本海および黄海の制海権を獲得することだった。

当時、ロシアの太平洋艦隊は一九万トンにものぼる海上兵力を旅順に集結させていた。その港は陸上要塞群に守られており、連合艦隊としては旅順港の奥にいるロシア艦隊を外に誘い出し、壊滅させたいと考えていた。もし戦いが長引いてバルチック艦隊が合流すれば、日本に勝ち目はない。九日、連合艦隊は主力艦を使って、ロシア艦隊に正面から決戦を挑んだ。しかし、外におびき出すことはやはりできなかった。

そこで浮上したのが、港口に老朽船を沈めてフタをする作戦だった。旅順の港口の幅は二七三メートル。そのうち戦艦などの大型艦が通れるのは中央の九一メートルの

● 行き詰まった旅順口閉塞作戦

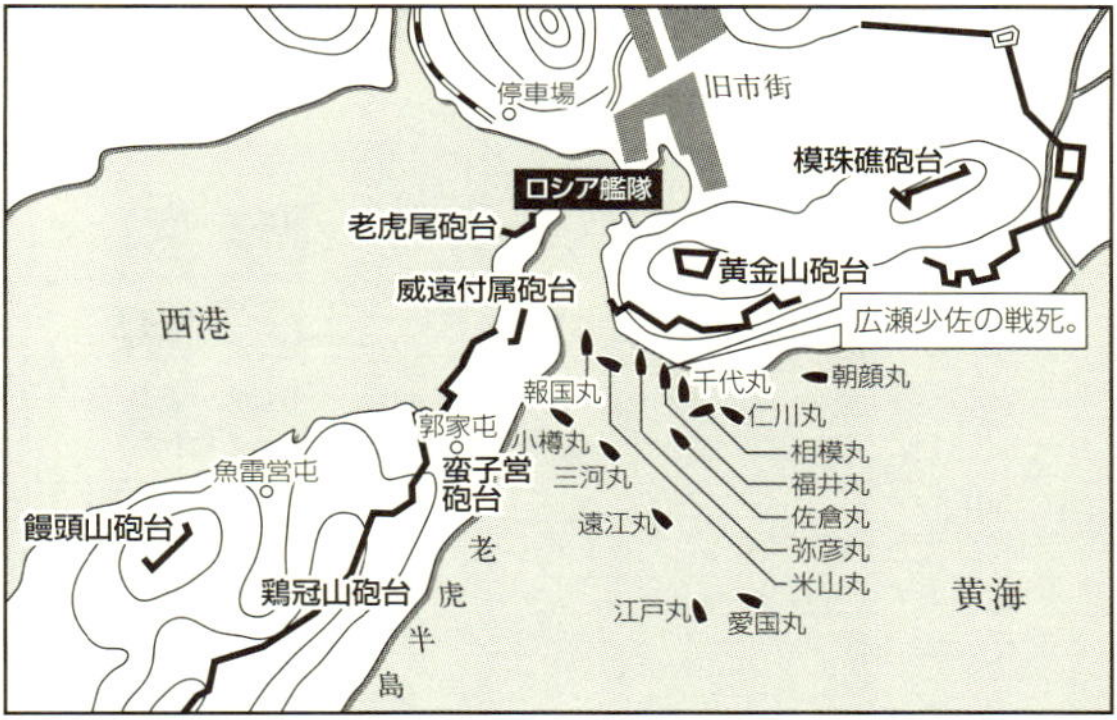

旅順港に籠るロシア艦隊を封じ込めようとした作戦は、陸上要塞からの砲撃に阻まれ、ことごとく成果をあげられなかった。

みで満潮時に限られる。

そのため、この狭い港口に数隻の船を沈めることができれば、旅順港は閉鎖される。そこで、連合艦隊作戦参謀の有馬良橘《ありまりょうきつ》中佐と戦艦「朝日」の水雷長・広瀬武夫少佐が実施計画を進めた。

まず第一回閉塞作戦は、二月二十三日深夜に決行されたが失敗に終わる。続いて三月二十七日に行なわれた第二回閉塞作戦では、広瀬少佐が壮絶な戦死を遂げている。

秋山真之《さねゆき》の作戦参謀就任と、四月十三日の太平洋艦隊司令長官マカロフの戦死を挟んで、五月三日未明に第三回閉塞作戦が行なわれたが、思うような成果をあげることはできず、失敗に終わった。

3

黒木第一軍、迅速な行動で陸の緒戦を制する

―鴨緑江渡河作戦《おうりょっこうとかさくせん》―

海上ではすでに旅順口閉塞作戦などの戦いが始まっていた頃、陸上ではまだ本格的な戦闘は行なわれていなかった。最初に朝鮮に上陸した黒木為楨《ためもと》大将率いる第一軍の任務は朝鮮占領を確実にするとともに、そこから満洲へ入ることだった。四月になると第一軍は北上を開始し、鴨緑江《おうりょっこう》にまで進んでいった。

日露の最初の陸上戦は、この鴨緑江渡河《とか》作戦をもって始まる。ロシア軍は、鴨緑江対岸の九連城《きゅうれんじょう》付近に、ザスリッチ中将率いる二個師団を置いていた。四月三〇日早朝、予定通り第一軍の各師団はいっせいに河を渡り始める。後方からは、渡河部隊を支援するべく、ロシア軍に対して大規模な砲撃が行なわれていた。そんななかを近衛《このえ》師団と第二師団は、ロシアが陣取る九連城に正面から挑んでいった。そして、第一二師団は、鴨緑江の上流へと迂回した。ロシア軍の後方をとるためである。

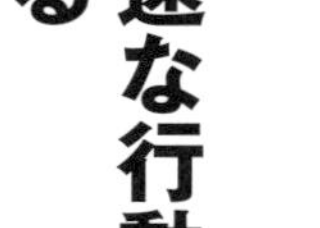

● 激勝！　鴨緑江渡河作戦

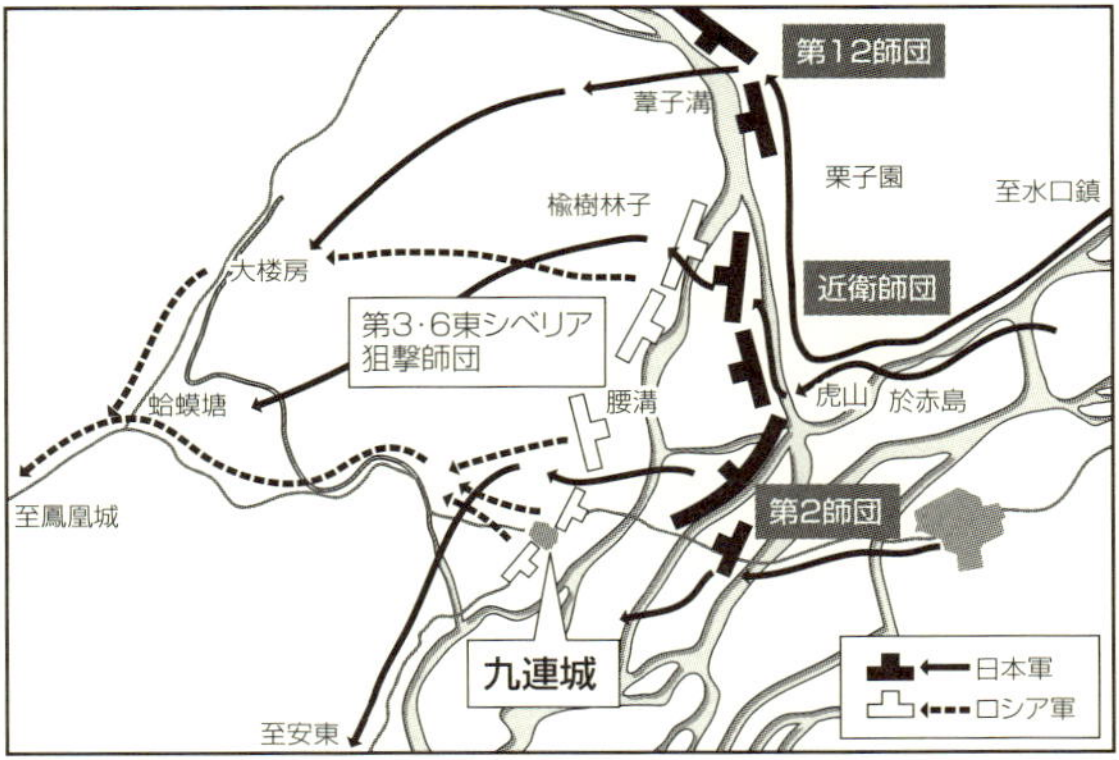

第１軍は火砲で終始ロシア軍を圧倒し、陸の緒戦を勝利で飾った。

日本軍の行動はきわめて迅速だった。砲兵火力と小銃火力をある一定の陣地に集中させる作戦も、見事に成功。九時頃には、鴨緑江右岸を中心とする一帯をすでに占領していた。

そして夜までには九連城の付近から、ロシア軍を完全に排除したのである。

最初の地上戦は、日本の圧勝だったといっていい。

鴨緑江の戦闘に参加した日本の兵力は約四万二五〇〇、ロシア軍はザスリッチ中将率いる約二万。日本は数で勝っていただけでなく、火力の集中や機敏な行動などすべてがうまくかみあい、勝利を手中にしたのである。

4 奥第二軍、二日間で戦力の一二%を失う

—金州《きんしゅう》・南山《なんざん》の戦い—

陸上戦において、当初大本営は第一軍の鴨緑江渡河作戦と、第二軍の遼東《りょうとう》半島上陸作戦を同時に行なう予定を立てていた。しかし第二軍の出撃は遅れ、五月十三日にようやく上陸を終えた第二軍には、ふたつの任務が与えられていた。まず南進して金州《きんしゅう》と南山《なんざん》を占領し、旅順と北方にいるロシア軍を分断すること。そして鴨緑江から攻め込む第一軍と連携し、満洲南部の拠点・遼陽《りょうよう》を攻めることだった。

この戦いは日本軍最初の苦戦となった。南山は高さ一〇〇メートルほどの高地で、半永久的に要塞《ようさい》化された場所だった。ロシア側はそこに七〇門の大砲と機関銃を運び、日本軍を待ち構えていた。第二軍の司令官・奥保鞏《おくやすかた》大将は、五月十七日から南へ進路をとった。しかし要塞の堅牢《けんろう》さを知ると、重砲がない状態で攻撃するのは無理と考えた。しかし実情を把握していなかった大本営は、即時攻撃するように告げた。

● 死屍《しし》累々たる南山の戦い

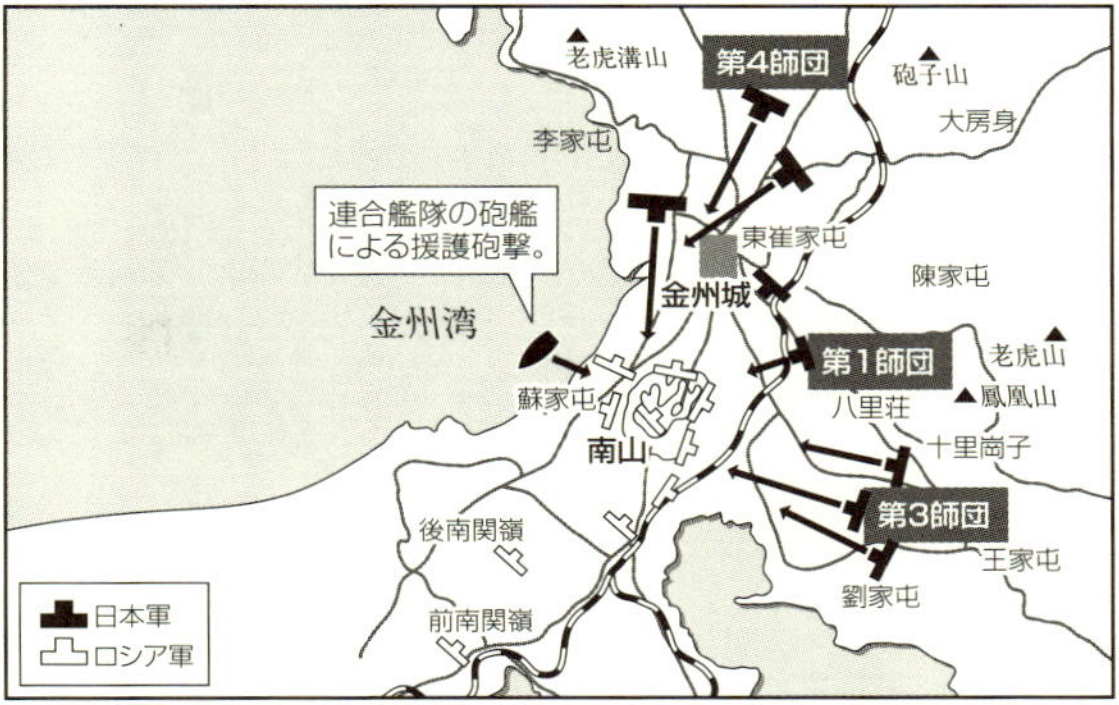

第2軍は上陸後、金州・南山を攻撃する。そこに待ち構えていたのは近代要塞の殺戮《さつりく》マシーンであった。

五月二十五日、第二軍は南山攻略作戦を開始した。第一師団、第三師団、第四師団が一気に攻め入っていく。しかし南山への道は狭隘《きょうあい》で、第二軍はロシア側の砲撃により大損害を受けた。それでも緒戦の勝利を重視する奥司令官は攻撃の手を緩《ゆる》めなかった。激戦は夕方まで続いたが、第二軍は多くの戦力を失い、砲弾も尽きかけていた。

その時、近くの金州湾に海軍の砲艦がかけつけ、南山の堡塁《ほうるい》に射撃を行なった。砲弾を浴びた堡塁は崩れ、第二軍はようやく南山に突入することができた。ロシア軍はすべての堡塁を放棄して、旅順方面へと撤退。ようやく勝利を収めた第二軍だったが、この二日間で戦力の一二%を失った。

5

東郷率いる連合艦隊、運命の一弾に救われる

―黄海海戦《こうかいかいせん》―

開戦から半年経っても、ロシアの旅順艦隊は港に健在であった。しかし、日本の第三軍による陸上からの旅順要塞攻撃を前に、本国のロシア海軍が、艦隊を動かすために皇帝ニコライⅡ世の「ウラジオストクに向かえ」という勅命《ちょくめい》を得るに至り、臨時司令官ウィトゲフト少将は出港を決意。全艦でウラジオストクを目指すこととした。

ウラジオストクに向かうには、連合艦隊が待ち構える黄海をとおる必要がある。しかし、主力艦はその時、ほとんど大砲を搭載していなかった。陸軍を支援するために大砲も砲撃手も陸にあがっていたのである。急な出航命令だったため、もとに戻す時間もなかったのだ。

八月十日、ロシア艦隊は旅順を出発。東郷平八郎司令長官率いる連合艦隊の第一艦隊は遼東半島沖合いでその姿を確認すると、砲撃を加えながら旅順艦隊の頭を押さえ

● 天佑の一撃が日本軍を救った黄海海戦

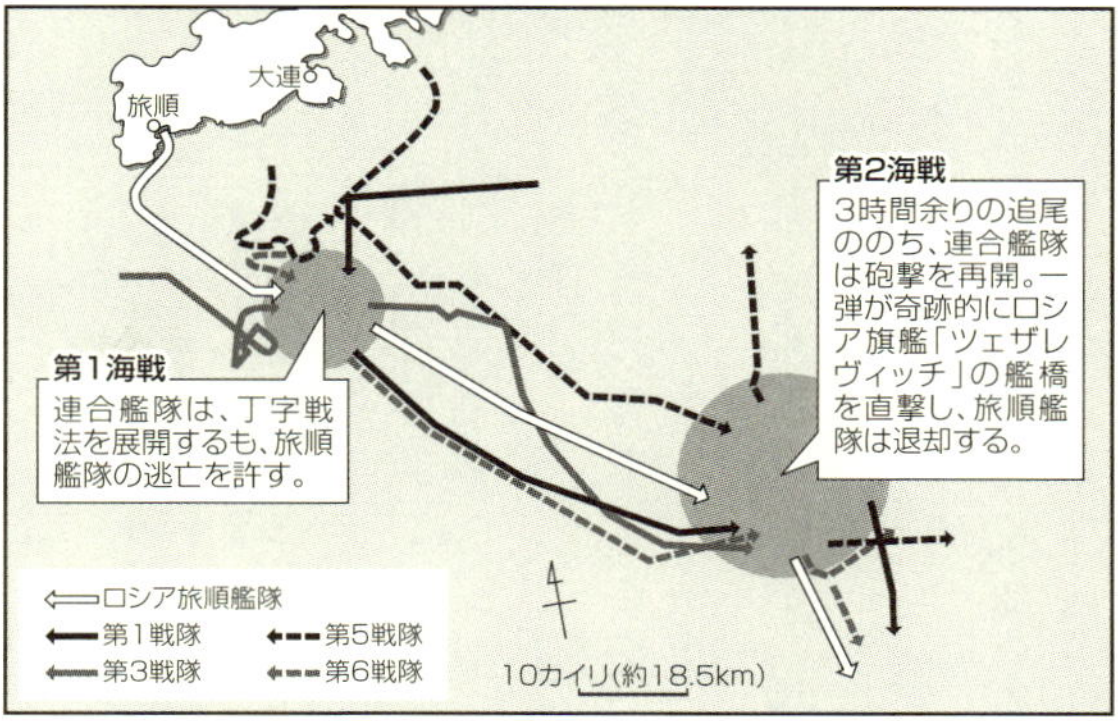
大連
旅順
第2海戦
3時間余りの追尾ののち、連合艦隊は砲撃を再開。一弾が奇跡的にロシア旗艦「ツェザレヴィッチ」の艦橋を直撃し、旅順艦隊は退却する。
第1海戦
連合艦隊は、丁字戦法を展開するも、旅順艦隊の逃亡を許す。
ロシア旅順艦隊
第1戦隊
第5戦隊
第3戦隊
第6戦隊
10カイリ(約18.5km)

8月、旅順艦隊はついにウラジオストクへの脱出を敢行。追いすがる連合艦隊との間に黄海海戦が惹起した。

ようと回頭を行なった。しかし、ウラジオストクに向かうことが目的の旅順艦隊は逃げの姿勢をとった。その意図がつかめない連合艦隊は効果的な攻撃が遅れてしまう。

一時両艦隊の距離は約三万メートルまで開いてしまうが、連合艦隊は快速を駆使して三時間後になんとか追いすがる。距離七〇〇〇メートルまで近づいた十八時四十七分。「三笠」から放たれた砲弾が、ロシア旗艦「ツェザレヴィッチ」の司令塔付近に命中。ウィトゲフト少将以下をなぎ倒した。旅順艦隊は旅順港に戻ったが、大損害を受けてもはや戦力にならなかった。だが、連合艦隊はその状況を知らないまま封鎖を続けた。

6

上村《かみむら》艦隊、朝鮮半島沖で雪辱を晴らす！

―蔚山《ウルサン》沖《おき》海戦《かいせん》―

八月十四日、日本が黄海海戦で勝利を収めた四日後、朝鮮半島を隔てた日本海で再び日露の両艦隊が激突した。

ロシアは旅順にいる艦隊とは別に、ウラジオストクにも巡洋艦《じゅんようかん》四隻、仮装巡洋艦一隻、そして水雷艇一七隻からなる小規模な艦隊を持っていた。この艦隊は開戦間もない頃から、日本と大陸間を結ぶ商船、貨物船、軍隊輸送船を攻撃するなど、日本のシーレーンに対する分断工作に従事していた。

このウラジオストク艦隊の捕捉《ほそく》、撃沈の任を委《ゆだ》ねられたのが、上村彦之丞《ひこのじょう》中将率いる第二艦隊であった。

だが、濃霧などの天候に悩まされ、任務の遂行は困難を極めた。一方、神出鬼没のウラジオストク艦隊は、時に日本をあざ笑うかのように東京湾近くまで進出した。さ

● 上村艦隊の雪辱！　蔚山沖海戦

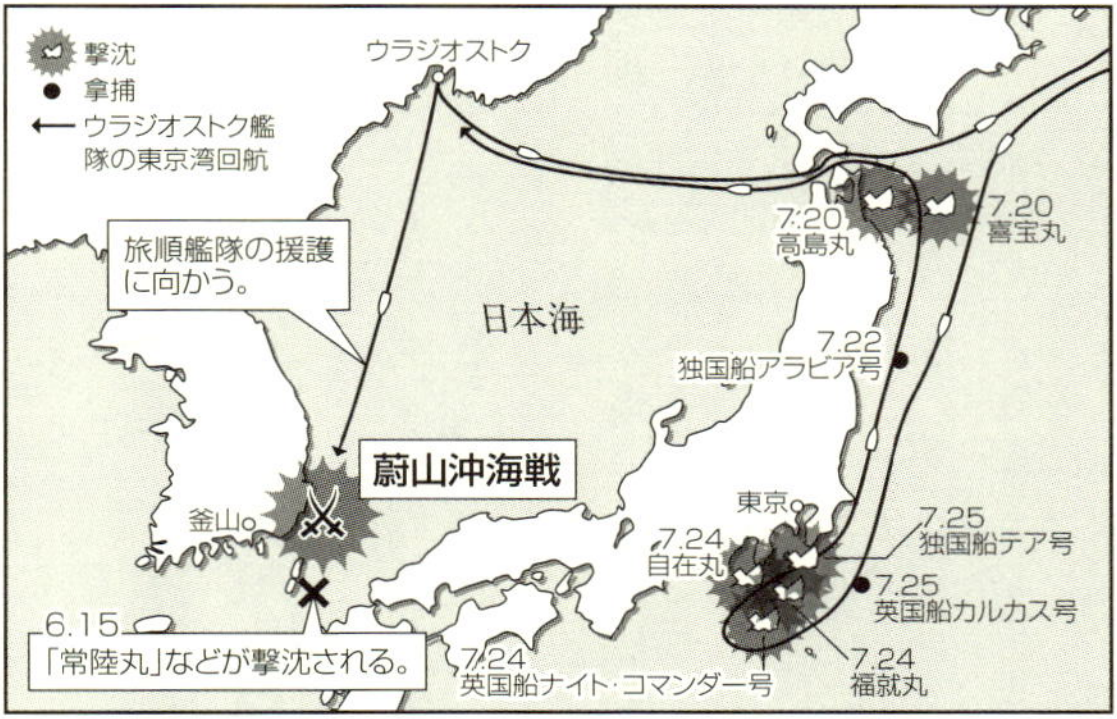

日本近海に出没してはシーレーン破壊工作を続けたウラジオストク艦隊を、上村艦隊はついに蔚山沖で捕捉する。

らに六月十五日には玄界灘《げんかいなだ》で輸送船「常陸《ひたち》丸《まる》」と「和泉《いずみ》丸《まる》」が撃沈され、「常陸丸」乗船の将兵約二〇〇〇名が命を落とすと、国民の非難は第二艦隊に集中した。

十四日はその雪辱《せつじょく》の日となる。ウラジオストクへ向かう旅順艦隊を支援するために、ウラジオストク艦隊が行動を起こすと考えた上村は、日本海を北上。蔚山《ウルサン》沖でとうとう敵の姿を発見したのである。両軍の砲がいっせいに攻撃を開始した。

ちょうどそこへ、瓜生外吉の第四戦隊も参加したため、ロシアの巡洋艦三隻は次々と火災を起こし、航行不能に陥った。この蔚山沖海戦により、以後制海権は完全に日本の手に落ちたのである。

7

—遼陽《りょうよう》会戦《かいせん》—

黒木第一軍の強攻策で、ロシア軍が撤退！

遼陽の会戦は、陸軍創設以来最も大きな作戦となる。戦闘に参加する兵士は約一三万五〇〇〇人。対するロシア軍は、約二二万四〇〇〇人と日本軍をはるかに上回っていた。

八月二十四日、遼陽の会戦が幕を開けた。東側に布陣していた黒木為楨大将率いる第一軍がまずは夜襲を仕掛ける。そして八月二十六日、第二軍、第四軍も動き出した。最大の激戦地は、ロシア軍の陣地・首山堡《しゅざんぽ》だった。秋山好古《よしふる》の騎兵旅団による偵察で、首山堡がロシア軍の主陣地であるという報告があったが、満洲軍総司令部はこれを無視してその後方の第三陣地がロシア軍の主陣地であると判断し、早急な首山堡の占領を命じたのであった。結果、首山堡には強引な突撃が繰り返され、日本軍は屍《しかばね》を乗り越えて攻め続けるも、ロシア軍は変わらず優勢で日本軍は弾が尽きかけてしまう。

● 幻の決戦となった遼陽会戦

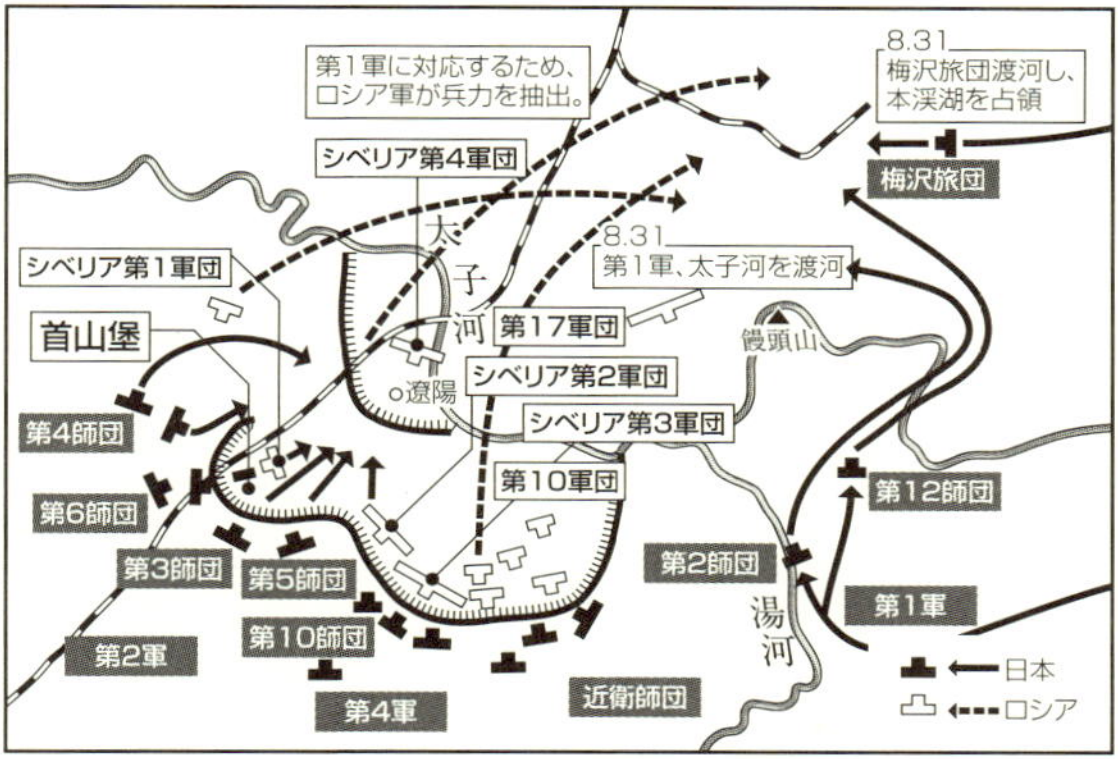

3つの軍が合流した日本軍は、ロシア軍が駐留する遼陽に肉薄した。

陸軍の軍神といわれた橘《たちばな》周太《しゅうた》少佐もこの首山堡で戦死している。

大きく戦況が動いたのは、第一軍の太子《たいし》河《が》渡河であった。第一軍の主力は太子河を渡河すると饅頭山《まんじゅうやま》を占領、それとともに二〇キロ東方から第一軍隷下の後備混成旅団（梅沢旅団）が太子河を渡り、ロシア軍の背後を突く作戦をとると、この動きを知ったロシアの総司令官クロパトキンは過剰に反応した。彼はこれを全軍包囲の危機と勘違いし、「奉天《ほうてん》での決戦に備えて、兵力を温存する」と撤退を決めた。

日本は思いがけず勝利を手中にしたが、ロシア軍を追撃するだけの力は残されていなかった。

8 永久要塞を攻略した乃木第三軍の猛攻

―旅順攻略戦《りょじゅんこうりゃくせん》―

金州・南山を奪われたロシア軍は、旅順の要塞に立て籠った。これに対し、日本の陸軍は当初、旅順を攻撃するつもりはなかった。しかし、旅順口閉塞作戦に失敗し、旅順艦隊を確実に全滅させることに失敗した海軍は焦り、陸上からの旅順攻撃を強く陸軍に要請。そこで乃木希典《のぎまれすけ》率いる第三軍がその任にあたることになった。

日清戦争後、旅順を租借《そしゃく》したロシアはもともとあった清国の要塞に多くの防御施設を築き、大要塞を完成させていた。半永久堡塁五個と堡塁三個、さらには砲台を整備し、塹壕《ざんごう》や地雷原《じらいげん》を設けて日本軍を待ち構えていたのである。

八月十九日、第三軍はロシア軍への攻撃を開始する。まず二十一日にかけて大規模な砲撃が行なわれた。史上初の準備砲撃といわれる。

続いて第一師団、第九師団、第一一師団が、それぞれ突撃を開始した。なかでも第九師団と第一一師団は果敢に攻めたが、前進する兵士たちは激しい砲火により次々となぎ倒された。戦いは四日間におよび、日本軍は実に一万六〇〇〇人という膨大な数の死傷者を出すことになった。

失敗に終わった第一回総攻撃に続き、十月二十六日に始まる第二回総攻撃では、二十八センチ榴弾砲《りゅうだんほう》の射撃とともに、坑道《こうどう》作戦による正攻法がとられた。しかし敵堡塁の目前まで辿り着いても、壕から出た途端に機関砲などの猛射を浴び、再び日本兵の死骸《しがい》が積み上げられていく。結局第二回も失敗に終わる。十一月二十六日からの第三回目の総攻撃の際には決死隊である白襷《しろだすき》隊《たい》が登場したが、これも失敗に終わる。

ここで乃木はかねてより海軍から占領の要請が出ていた二〇三高地に主攻を変更。第一、第七師団が投入され一度は占拠するものの、すぐに奪い返されてしまう。

そこへ児玉源太郎総参謀長が急行し、乃木より指揮権を委譲《いじょう》させると、大砲の配置転換を行ない二〇三高地へ集中させた。果たして死闘が繰り返された結果、ついに十二月五日、日本軍は二〇三高地を完全に占領。以後もロシア軍は抵抗を続けたが、十二月十五日に事実上の指揮官であったコンドラチェンコが戦死すると、ロシア軍の士気は低下し、一九〇五（明治三十八）年一月一日、旅順要塞は降伏した。

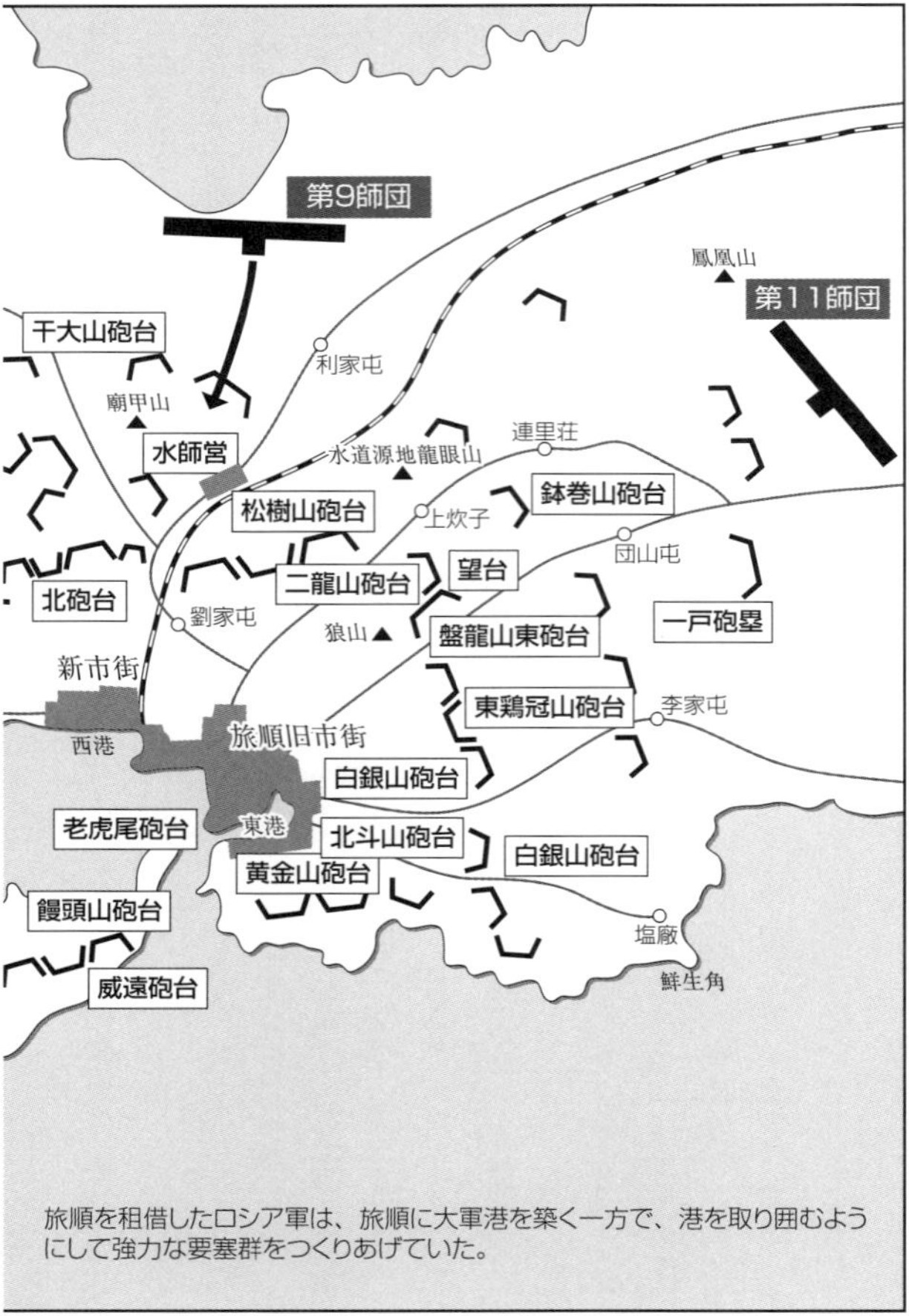

旅順を租借したロシア軍は、旅順に大軍港を築く一方で、港を取り囲むようにして強力な要塞群をつくりあげていた。

● 難攻不落！　旅順攻略戦

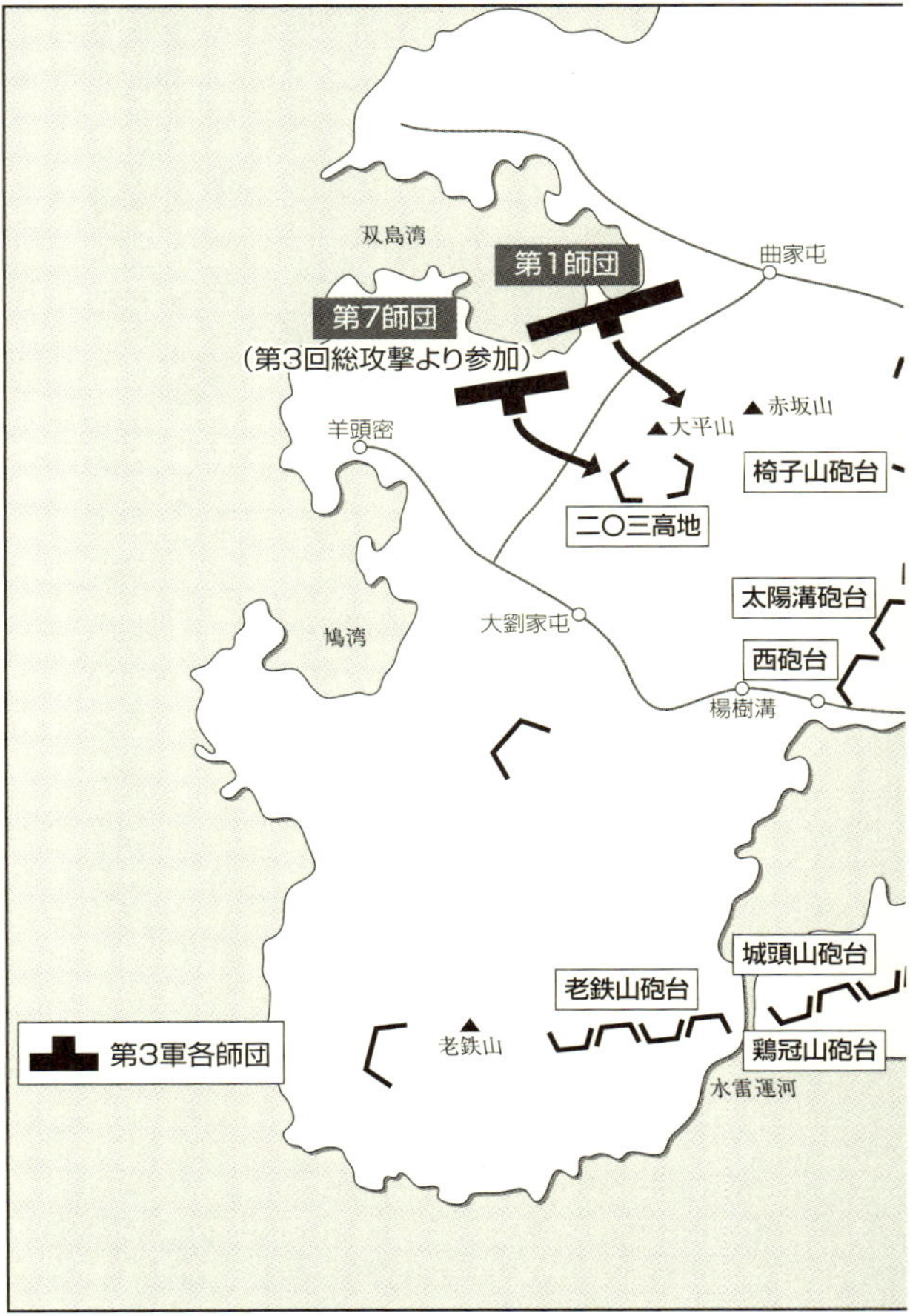
双島湾
第1師団
曲家屯
第7師団
（第3回総攻撃より参加）
▲赤坂山
▲大平山
羊頭密
椅子山砲台
二〇三高地
太陽溝砲台
大劉家屯
鳩湾
西砲台
楊樹溝
城頭山砲台
老鉄山砲台
▲老鉄山
鶏冠山砲台
水雷運河
第3軍各師団

9

日本軍、常識を破る戦術でロシア軍を追う

―沙《さ》河《か》会《かい》戦《せん》―

遼陽会戦（92ページ）に勝利した日本軍だがその時、実は危機的な状況を迎えていた。準備していた弾薬のほとんどを使い果たしたのだ。対するロシアはシベリア鉄道を使って、兵力を強化。日本軍約一二万に対し、ロシア軍は約二二万となった。

その一方、ロシア本国では、遼陽会戦で敗北したクロパトキンに非難が集中していた。そこで本国は軍をふたつに分け、第一軍の司令官にクロパトキン、第二軍の司令官には新たにグリッペンベルグ大将を任命した。屈辱を味わったクロパトキンは、グリッペンベルグが赴任する前に対日戦のケリをつけようと考えた。

十月八日、ロシア軍による攻撃が開始された。まず狙われたのは、日本の最右翼を守っていた梅沢道治《みちはる》少将指揮の後備混成旅団だった。この部隊は、一度は退役した軍人などを集めた部隊で、年齢層も高く現役兵ほどの働きは厳しいものだった。ほどな

● 奇策的中!　沙河会戦

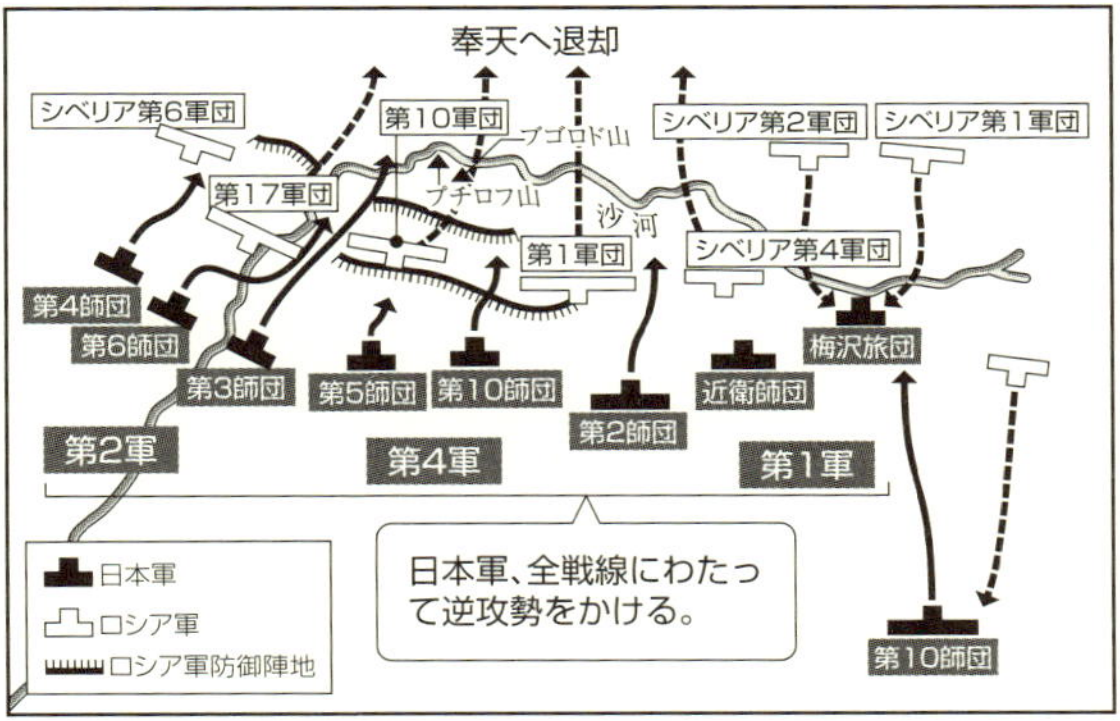

1904(明治37)年10月、南下攻勢に出てきたロシア軍に対し、日本軍は逆攻勢をかけた。

く旅団は孤立し、全滅の危機に陥る。そこが崩れれば、全軍に危機がおよぶのは必至だった。

しかし梅沢旅団は奮闘し、一〇時間後、後方から第一二師団、騎兵第二旅団が駆けつけるまで必死に陣地を守り通した。一方、中央の第四軍と第二軍が逆攻勢を敢行。日本軍の右翼に集中しているロシア軍を巻き上げるようにして包囲する作戦に出た。

十四日夕方から降り始めた雨は、まもなく豪雨となる。徐々に後退していたロシア軍はその激しい雨のため目標を失い、砲撃が困難となった。

ついに、クロパトキンは全軍退却の命令を出し、沙河会戦は終わった。

10

総司令部の楽観論が生んだ最大の危機を、秋山支隊が切り抜ける

―黒溝台会戦《こっこうだいかいせん》―

沙河会戦後、日露両軍は氷結した沙河をはさみ、互いに陣地を構築。三ヶ月に渡る「沙河の対陣」に入った。両軍は沙河をはさんで八〇キロもの長さで対峙したまま、極寒の冬を迎える。日本の満洲軍は、軍事行動の再開は沙河の氷結が解ける春頃になるだろうと予想していた。この予想が日本軍最大の危機を招くことになる。

年が明けた一九〇五（明治三十八）年一月、日本軍左翼が手薄との情報を得たロシア軍の右翼が、日本軍の左翼を包囲しようと攻撃を仕掛けてきたのである。その左翼を担当していたのが、第二軍隷下の騎兵第一旅団長の秋山好古少将だった。

ロシア軍は、新たに赴任してきたグリッペンベルグ大将のもと、旅順要塞を陥落させた第三軍が北上し合流する前に、日本軍に大打撃を与えようとしていた。しかし好古はその攻撃を予想し、沈旦堡《ちんたんぽ》や黒溝台《こっこうだい》などに周到な野戦陣地を築いていた。

● 日本軍最大の危機！　黒溝台会戦

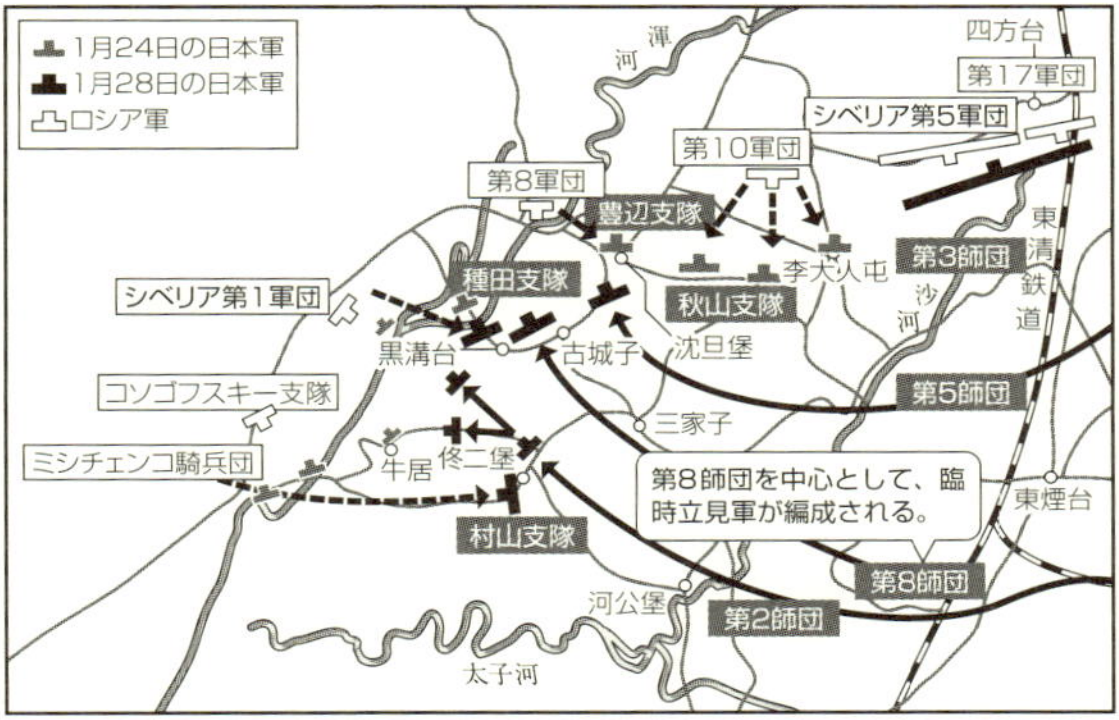

厳冬下での攻勢はないものと考えていた日本軍の意表を突いて、ロシア軍が来襲。秋山好古の騎兵隊に襲い掛かった。

自分の考えを告げても、総司令部の作戦主任参謀・松川敏胤《としたね》大佐の反応は鈍い。この時期に大規模な攻撃はありえない、とのん気に構えていた。

一月二十五日、ついに一〇万を超すロシア軍が黒溝台や沈旦堡に攻撃を仕掛けてきた。ここに至ってもロシア軍の攻勢を威力偵察（小規模な攻撃を行なって敵情を知る偵察行動）程度にしか考えていなかった総司令部だが、第八師団の立見尚文《たつみなおぶみ》中将に、右翼への救援を命じた。しかし、立見が救援に赴《おもむ》いてみれば、ロシア軍の数は圧倒的だった。ようやく容易ならざる事態を悟った総司令部は、中央の各軍より戦力を逐次投入し、臨時立見軍をつくりあげていった。

しかも、秋山支隊に属していた種田支隊を支隊長の好古に無断で立見軍に編入し、黒溝台を捨てさせてしまう。

本来はここでロシア軍を誘引して攻撃するはずであったが、予想に反してロシア軍は黒溝台に陣地を築き始めてしまった。そこで第八師団は師団単位の夜襲などを仕掛けて、激戦の果てに黒溝台を回復したのだった。

一方、李大人屯、沈旦堡などに分散して左翼の守備についていた好古の支隊は約八〇〇〇。それは一個師団の約七〇%ほどの戦力にすぎなかった。そこで、好古は防御態勢を徹底させた。騎兵隊でありながら馬に乗らず、陣地を守ったのである。その際、活躍したのは機関砲だった。これは好古がこういう場面でいつか役立つだろうと、自ら配備を所望したものだった。

日本軍が奮戦した結果、三月九日、またもやロシアのクロパトキンは、戦いを途中で放棄する。本来なら臨時立見軍の編制で手薄になった中央への攻撃を仕掛けるべきところを、グリッペンベルグ大将との不和から、互角以上に戦っている部隊に、なんと撤退命令を出したのだ。このあと、憤ったグリッペンベルグは辞表を叩きつけて本国へ戻っている。こうして日本軍は最大の危機を脱したのだった。

11

―奉《ほう》天《てん》会《かい》戦《せん》―

秋山支隊と乃木第三軍、日露戦争の「関ヶ原」を制す

陸軍における最後の総力戦となったのが、一〇日間にわたる奉天会戦だった。黒溝台でロシア軍の攻撃をなんとかしのいだ満洲軍は、次の戦いを急いでいた。ロシア軍は、シベリア鉄道で新たな兵を送り込んでいる。それに対して、日本軍はこれ以上の兵力増強は望めない。時間が経てば経つほど、日本が不利になるのは目に見えていた。

奉天に辿り着くには沙河と渾河《こんか》を渡らなければならないという事情もあった。それには凍《こお》った河の上を進むのが効率的だった。

満洲軍は、先制攻撃を仕掛けることにした。満洲軍総司令官の大山巌《いわお》元帥が攻撃命令を下したのは二月二十日。実はロシア軍のクロパトキン大将も翌二十一日に攻撃命令を告げており、一歩先んじた形となった。

その際、大山元帥は兵士たちをこう激励した。

「この会戦は、日露戦争の関ヶ原というべきものだ。大いに健闘してくれ」

さらに弾丸を無駄に使わないようにとも告げた。日本軍は弾が不足していた。

二十二日、まず新設の鴨緑江軍が作戦を開始する。第一一師団、後備第一師団からなる鴨緑江軍は、ロシア軍の左翼を攻めて清河城《せいかじょう》を占領した。それを知ったクロパトキン総司令官は、これまで第三軍に属していた第一一師団の存在から、旅順を半年で落とした強力な第三軍がその攻撃に関わっていると勘違いし、これを押し返すために自軍右翼から左翼へと、大規模な増援部隊を送った。

日本側はこの機に乗じる。二十七日より最左翼の第三軍が迂回北上を開始。これで日本側の布陣は半円形になった。

三月一日、満洲軍はついに奉天に向けて総攻撃を開始する。日本側はこの会戦に九九二門の火砲を準備していた。それに対してロシア側は一二一九門を用意。両軍合わせて実に二〇〇〇門を超える、史上類を見ない大規模な砲撃戦が展開された。

そして左翼を北上する第三軍は、ひたすらに猛進を命じられながら、四日の時点で奉天に数十キロのところまで近づく。しかし中央と東側は一進一退の状態が続いていた。そんななか、六日には騎兵を中心とした秋山支隊が奉天北方へと進出。翌日には

● 日露戦争の関ヶ原！　奉天会戦の全貌

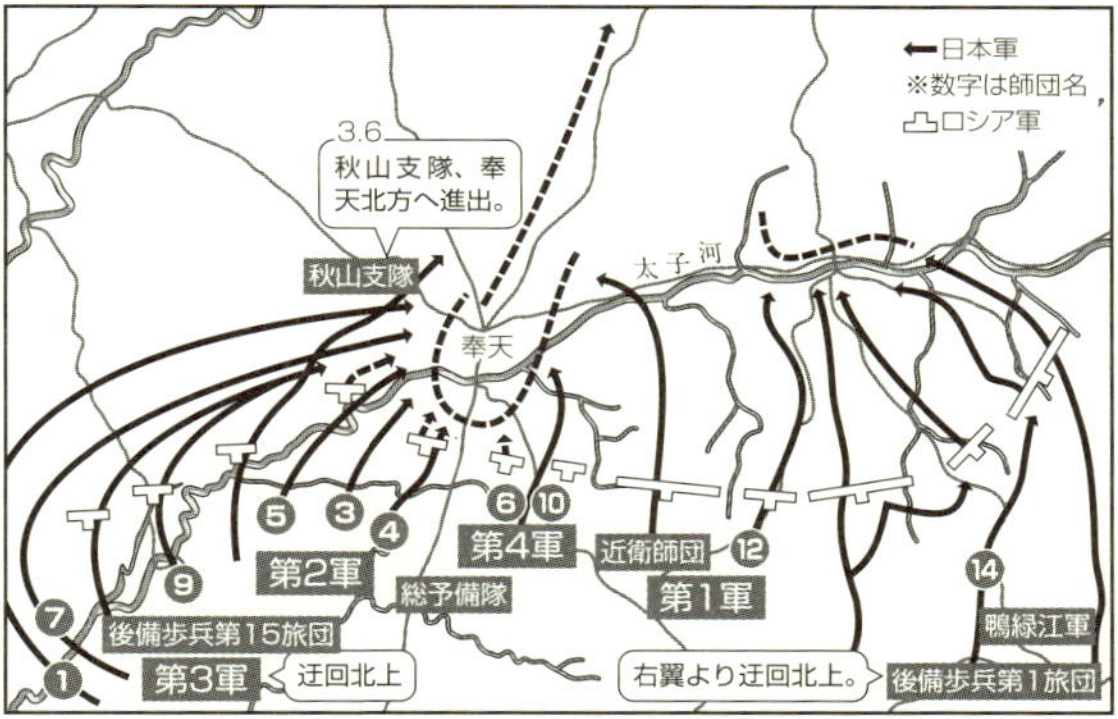

新編制の鴨緑江軍の迂回北上より始まった奉天会戦は、意外な展開で決着する。

第三軍も、北方の鉄嶺《てつれい》方面に延びる東清鉄道を脅かす位置まで進む。これを懸念したクロパトキン総司令官は、またしても全軍に退却を命じた。日本軍は追撃戦に移り、ロシア軍に対し相当の被害を与えたが、ロシア軍も反撃しながらの撤退を行ない、第三軍の一部が潰走《かいそう》する事態も見られた。

十日、退路を確保したいロシア軍と戦いながら、日本軍は続々と奉天近くまで進出していった。満洲軍総司令部が奉天とその周辺を日本軍が完全に占領したことを確認したのは、二十一時のことだった。その時点で日本軍は備蓄した三三万発もの砲弾と銃弾、そのほとんどを使い果たし、ロシア軍を追撃することはもはや叶わなかった。

12

バルチック艦隊壊滅！　連合艦隊、史上稀《まれ》に見る完勝を得る！

—日本海海戦《にほんかいかいせん》—

一九〇四（明治三十七）年十月十五日にリバウ港を出港し、ウラジオストクを目指すバルチック艦隊は、一九〇五（明治三十八）年五月、いよいよ日本海に迫りつつあった。連合艦隊は、作戦参謀・秋山真之中佐が立てた哨戒《しょうかい》作戦を開始。二十七日午前二時四十五分頃、第三艦隊付属の哨戒艦「信濃丸《しなのまる》」は、前方に東へ向かう船舶の灯火を発見した。夜が明けると、周囲に無数の煙が立ち上っているのが見えた。なんと「信濃丸」は、バルチック艦隊のまっただなかにいたのだ。急いで舵を切り、午前四時五〇分、「敵、第二艦隊見ユ」の電信を発した。朝鮮半島南部の鎮海湾《ちんかいわん》にあってこの報に接した東郷平八郎司令長官は、直ちに大本営に全艦出撃のむねを打電した。

「敵艦隊見ユトノ警報ニ接シ、連合艦隊ハ直《ただち》ニ出動之《これ》ヲ撃沈滅セントス、本日天気晴朗ナレ共浪高《どもなみたか》シ」

旗艦「三笠」を先頭にし、総勢四〇余隻の連合艦隊の主力が出航した。敵艦隊の位置情報をもとに東郷は沖ノ島付近で迎撃することを決めた。午後一時三十九分、敵艦隊の姿を認めると、東郷は戦闘を開始せよと全艦隊に命令した。そして信号旗の「Z旗」を掲げさせた。そこにはこんな意味が込められていた。

「皇国《こうこく》ノ興廃《こうはい》此《こ》ノ一戦ニ在《あ》リ、各員一層奮励努力セヨ」

両艦隊の距離が約八〇〇〇メートルまで近づいた午後二時五分、東郷は「取り舵《かじ》一杯」を命じる。「三笠」を先頭に第一艦隊の各艦は艦首を逐次一六八度回頭させ、第二戦隊もこれに続いた。のちに「東郷ターン」と呼ばれる敵前大回頭である。一方第三、第四、第五、第六艦隊は南下を続け、ロシア艦隊の後尾を目指す。距離六〇〇〇メートルまで近づくと東郷は砲撃を開始した。

回頭中、ロシア艦隊からの砲撃は「三笠」に集中したが、回頭を終えると連合艦隊も反撃を開始。訓練を重ねたその砲撃は精緻《せいち》を極めていた。敵の主力艦は次々と炎に包まれ、黒煙をあげる。この日本海海戦は、開始から約三〇分ほどで事実上の勝敗が決まった。

戦闘開始から約四〇分が過ぎたころ、バルチック艦隊の旗艦「スワロフ」が突然北へと進路を変えた。「三笠」の東郷や真之は、逃亡を図ったものと考え、その頭を押さえようと左へ回頭した。しかし、第二戦隊の上村彦之丞中将は、「スワロフ」の行動は単なる舵の故障であることを見抜いた。そこで、旗艦「出雲《いずも》」を独断で右方向へと回頭させ、ロシア艦隊の正面を押さえる形をとった。無謀とも思えるその作戦は見事に成功。相手との距離を縮めた「出雲」は、敵艦の「アレクサンドル三世」「ボロジノ」などに猛攻を加えた。もし上村のこの判断がなければ、連合艦隊はバルチック艦隊を取り逃がしていただろう。

残存のバルチック艦隊は、艦を修復するためウラジオストクを目指す。連合艦隊はその行動を予測し、やはり北へと進路をとった。夕方になると、今度は駆逐艦と水雷艇がロシア軍に猛攻を仕掛けた。

翌日、ロジェストウェンスキー司令長官の負傷に伴い指揮権を委譲されていたネボガトフ少将の乗る「ニコライI世」を発見。マストから軍艦旗と将旗が降ろされ、降伏を表わす信号旗が掲げられた。午後、ネボガトフ少将が自ら「三笠」を訪れ、東郷と会見を持った。ここにバルチック艦隊は正式に降伏したのである。また、ほどなくロジェストウェンスキー司令長官座乗の駆逐艦「ベドウイ」も捕獲された。

● 完全勝利！　日本海海戦の全体像

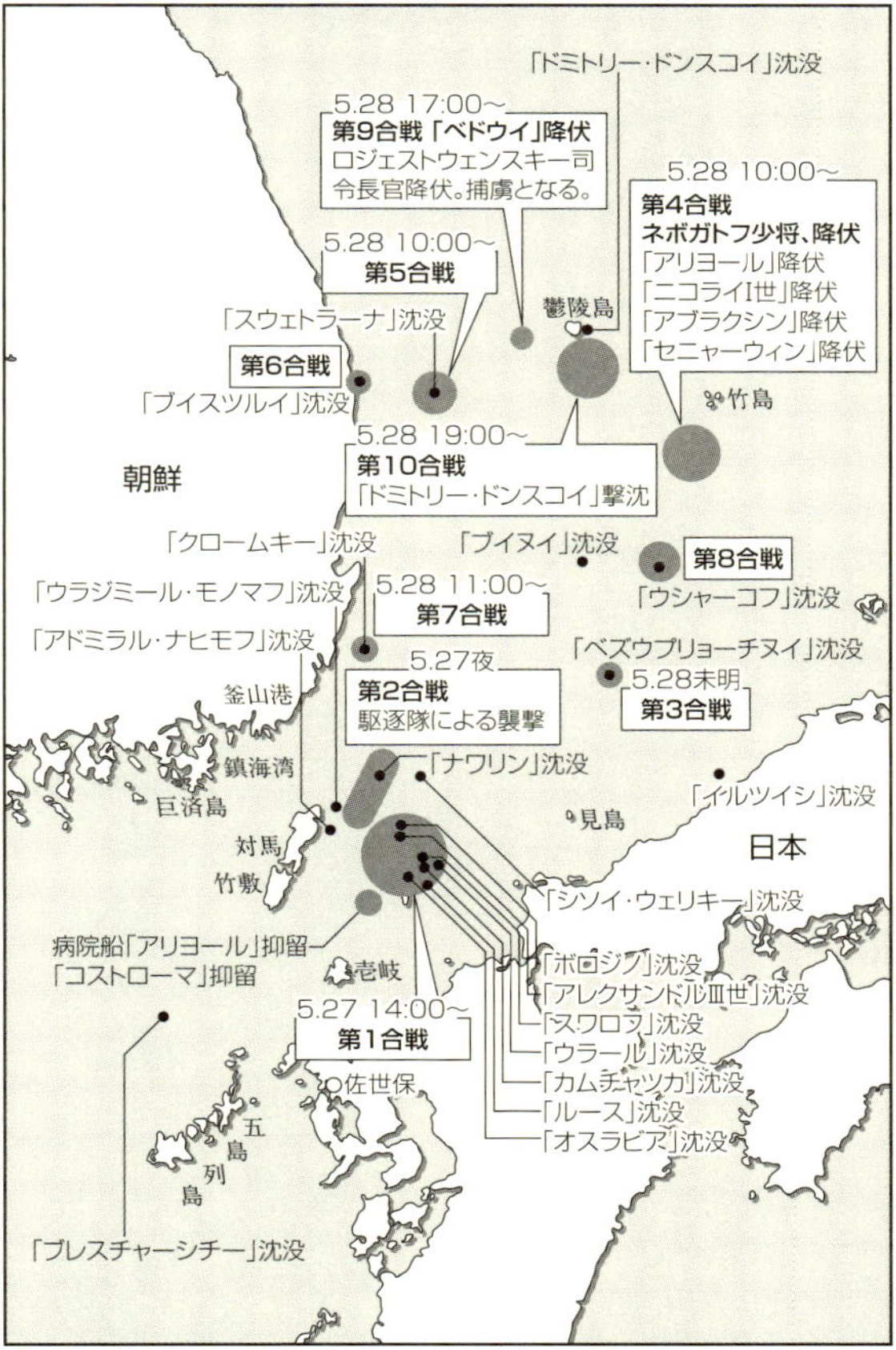

日本海海戦において連合艦隊は、秋山真之が計画した作戦に基づき、日本海の各地でバルチック艦隊を撃破していった。

番外

―ポーツマス条約―

決裂寸前で講和成立となった最後の戦い

日本海海戦後の八月十日、アメリカ大統領セオドア・ルーズベルトの斡旋《あっせん》により、アメリカのポーツマス市で講和会議が開かれた。

日本側の全権代表は外相の小村寿太郎、ロシア側はウィッテである。ロシア側は樺太の割譲と戦費の賠償については強硬に反対した。非公式会議で話し合った結果、ウィッテは賠償金の支払いは認めないが、樺太の半分は譲ってもいいとの案を示した。それを日本が拒否すると、ロシアは「日本は賠償金欲しさに戦争を続けたがっている」と吹聴《ふいちょう》。講和は決裂寸前になった。だが日本もこれ以上戦うだけの国力はなかった。

こうして調印されたポーツマス条約の内容は、日本が韓国の指導や保護をする、長《ちょう》春《しゅん》から旅順までの東清鉄道などの譲渡、樺太南半分の割譲などだった。しかし、賠償金すら取ることのできない内容に対し国民は激怒、日比谷公園などでデモが起こった。

第3章

好古、真之、子規――主人公三人の素顔

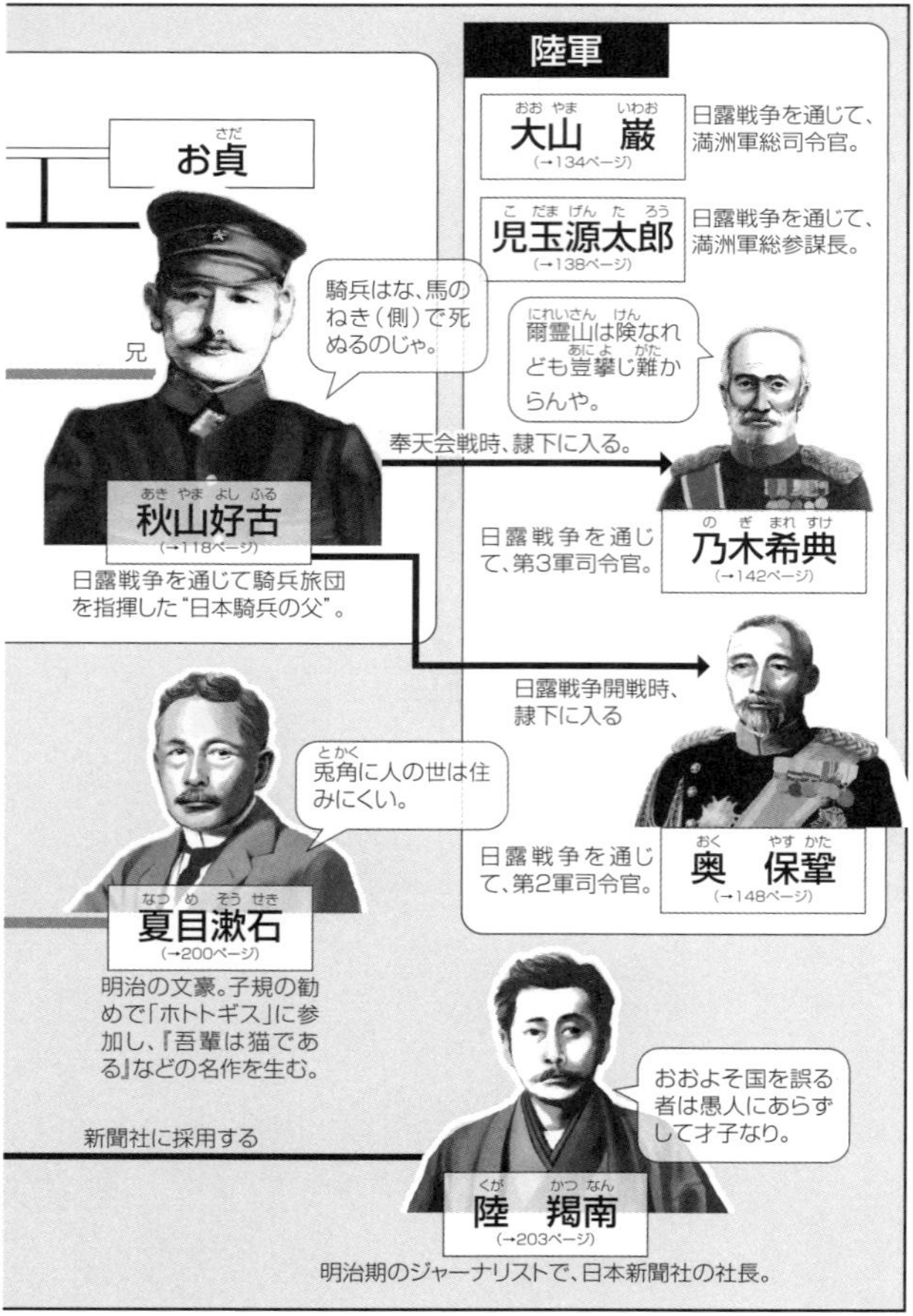

陸軍
大山《おおやま》　巌《いわお》
(→134ページ)
日露戦争を通じて、満洲軍総司令官。
児玉源太郎《こだまげんたろう》
(→138ページ)
日露戦争を通じて、満洲軍総参謀長。
お貞《さだ》
兄
騎兵はな、馬のねき（側）で死ぬるのじゃ。
秋山好古《あきやまよしふる》
(→118ページ)
日露戦争を通じて騎兵旅団を指揮した"日本騎兵の父"。
爾霊山《にれいさん》は険《けん》なれども豈《あに》攀《よ》じ難《がた》からんや。
奉天会戦時、隷下に入る。
乃木希典《のぎまれすけ》
(→142ページ)
日露戦争を通じて、第3軍司令官。
日露戦争開戦時、隷下に入る
奥《おく》　保鞏《やすかた》
(→148ページ)
日露戦争を通じて、第2軍司令官。
兎角《とかく》に人の世は住みにくい。
夏目漱石《なつめそうせき》
(→200ページ)
明治の文豪。子規の勧めで「ホトトギス」に参加し、『吾輩は猫である』などの名作を生む。
新聞社に採用する
おおよそ国を誤る者は愚人にあらずして才子なり。
陸《くが》　羯南《かつなん》
(→203ページ)
明治期のジャーナリストで、日本新聞社の社長。

●『坂の上の雲』真之・好古・子規を囲む人物相関図

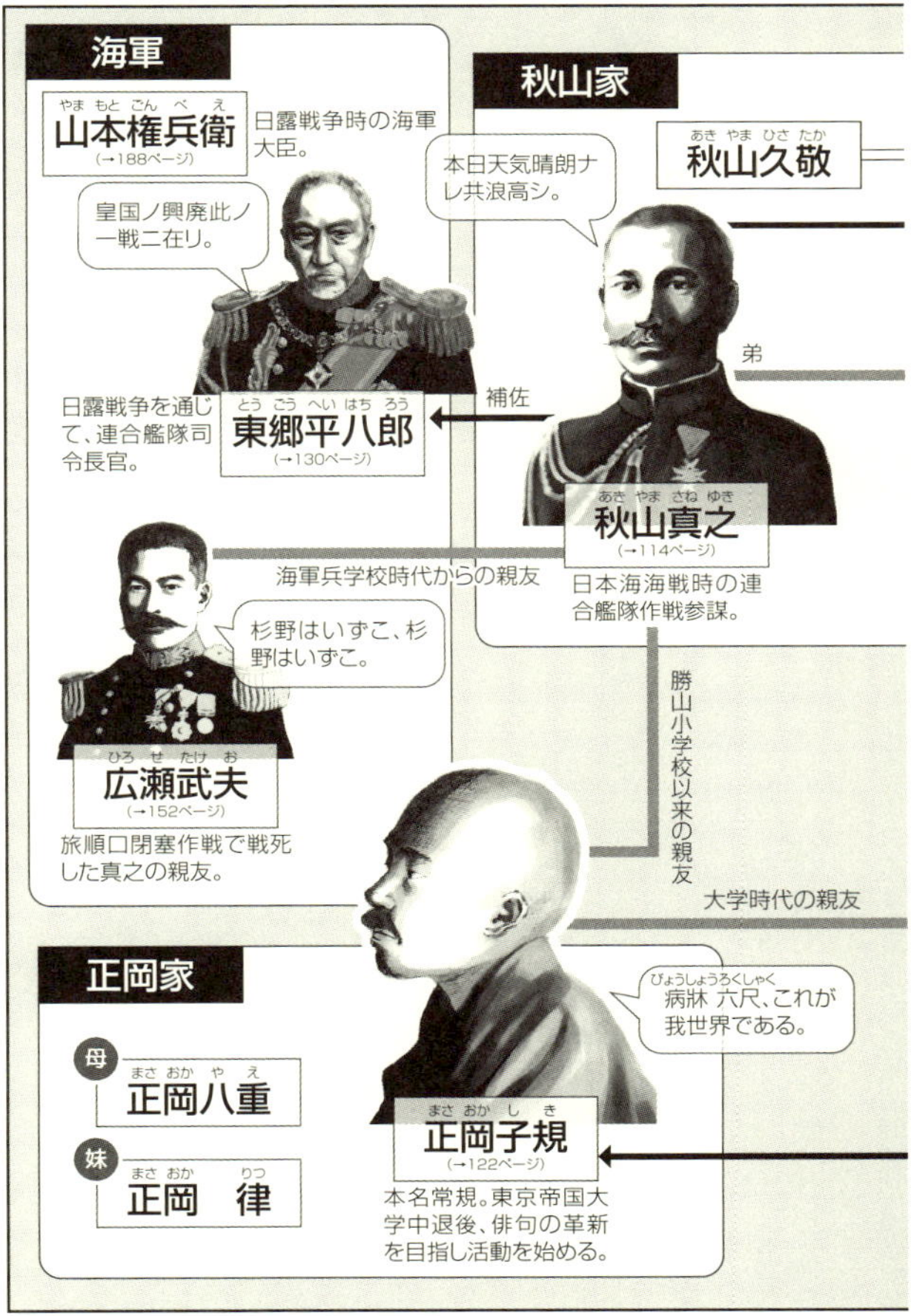
海軍
山本権兵衛《やまもとごんべえ》
(→188ページ)
日露戦争時の海軍大臣。
皇国ノ興廃此ノ一戦ニ在リ。
日露戦争を通じて、連合艦隊司令長官。
東郷平八郎《とうごうへいはちろう》
(→130ページ)
補佐
秋山家
秋山久敬《あきやまひさたか》
本日天気晴朗ナレ共浪高シ。
弟
秋山真之《あきやまさねゆき》
(→114ページ)
日本海海戦時の連合艦隊作戦参謀。
海軍兵学校時代からの親友
杉野はいずこ、杉野はいずこ。
広瀬武夫《ひろせたけお》
(→152ページ)
旅順口閉塞作戦で戦死した真之の親友。
勝山小学校以来の親友
大学時代の親友
正岡家
母
正岡八重《まさおかやえ》
妹
正岡　律《まさおかりつ》
病牀《びょうしょう》六尺《ろくしゃく》、これが我世界である。
正岡子規《まさおかしき》
(→122ページ)
本名常規。東京帝国大学中退後、俳句の革新を目指し活動を始める。

秋《あき》山《やま》真《さね》之《ゆき》

「本日天気晴朗ナレ共浪高シ」天才参謀の名をほしいままにした名文家

1868（明治元）年、伊予松山の下級藩士の家に生まれる。1883（明治16）年に上京。当初帝国大学を目指すが、1886（明治19）年、海軍兵学校に入学、首席で卒業し、海軍軍人となる。日清戦争では「筑紫」に乗り込み、偵察など後方活動に従事。日露戦争では連合艦隊参謀として作戦を担った。戦後、中将まで昇ったが1918（大正7）年、腹膜炎を患い、50歳で逝去した。

バルチック艦隊の進路を巡る苦悩

一九〇五（明治三十八）年五月十八日、ロシアのバルチック艦隊が十四日にベトナムのバンフォン湾を出航したことを知ると、朝鮮半島南部の鎮海湾《ちんかいわん》に停泊していた東郷平八郎司令長官率いる日本の連合艦隊は、ただちに哨戒《しょうかい》活動を開始した。

この哨戒作戦は、連合艦隊作戦参謀の職にあった秋山真之が、かねてから周到に練りあげてきたものだった。長崎の佐世保と朝鮮の済州島《さいしゅうとう》の間を線で結び、それを一辺として大きな正方形をつくる。その正方形をさらに細かく碁盤の目のように分ける。そのひとつひとつの目に哨戒用の艦船を置き、見張りに立てるのだ。

二十二日、敵はもう現われてもいい頃だったが、まだ報告が届かない。連合艦隊の旗艦「三笠」にあった真之の心は激しく揺れた。未だに発見できないということは、バルチック艦隊はこの対馬《つしま》沖を通らないのではないか。連合艦隊は、対馬海峡での決戦を前提に作戦を練っていたが、もしバルチック艦隊が津軽海峡へまわれば、迎撃は不可能に等しくなる。自信家の真之が、この時ばかりは人相が変わるくらいに憔悴《しょうすい》した。何しろこの作戦が失敗すれば、日本国家の存続さえも危うくなるのだ。

だが二十七日早朝、ついに「敵艦隊見ユ」の電報が入った。それを知ると、真之は躍《おど》りあがったという。真之にとって、これほどの歓喜はなかったのである。

そんななか参謀の飯田久恒《ひさつね》少佐が、大本営に打電する電文の内容を持ってきた。「敵艦隊見ユトノ警報ニ接シ、連合艦隊ハ直《ただち》ニ出動之《これ》ヲ撃沈滅セントス」とある。真之はその文の最後に、「本日天気晴朗ナレ共浪高《どもなみたか》シ」との言葉を書き入れた。

そこには連合艦隊が決戦場へと向かう、その戦意が高らかに謳《うた》われていた。しかも美文であるだけでなく、日本海海戦の勝利の決め手も含まれていたのである。「天気晴朗」には視界がよく、敵をきっちりと視野に入れていること、そして「浪高し」は、この戦いの勝因を表わしていた。その日の海は、たしかに波が高かった。船の弱点である艦腹が高波によって露《あらわ》になったところへ、日本の砲弾が命中すれば、そこへどっと海水が入り込むだろう、というのだ。この短い一文は歴史に残る、国民的文章として語り継がれることになる。

「頭脳を休ませる工夫をしろ」

かくして連合艦隊は日本海海戦において大勝利を収め、バルチック艦隊を打ち破った真之は天才参謀の名をほしいままにした。

一方で真之は、日露戦争の幾多の激戦を経た結果、〝天佑《てんゆう》〟といった人間の力を超えた、神霊的な存在を信じるようになった。日本海海戦（106ページ）はもちろん、先立つ黄海《こうかい》海戦（88ページ）では、作戦失敗かと思われたところで、奇跡的に一弾がロシア艦隊の旗艦、それも艦橋に命中し、辛くも勝利を得るという出来事があった。真之はそれを神秘的な力、天佑に置き換えようとしたのである。そのせいか、真之の興味は宗教の根本原理の追究へと向けられていく。軍務のかたわら、仏教だけでなくあらゆる信仰・宗教について学び、経典を読み、人間はどう生きるべきかと模索し続けた。ついには「軍人をやめたい」とまで言い出した。僧になり、自分の作戦で命を落とした人を弔《とむら》いたいというのである。

こうした日露戦争後の真之の行動から、よく戦争によって燃え尽きたといわれるが、それは間違いだ。

その後も彼は軍務においていくつもの事績を残しているのである。軍務局長となった際にはシーメンス事件（海軍贈賄事件）の処理にあたり、第一次世界大戦の視察に赴《おもむ》いては、ドイツ優勢の時にすでにその敗北を予想するなどしている。さらには今後戦闘が航空機と潜水艦が主力となることを予測し、アメリカとの戦争を戒《いまし》めている。

実際に航空戦術の研究を怠《おこた》り、アメリカとの戦争で日本軍が崩壊していったことを考えれば、恐るべき先見の明である。真之は以前の上司である島村速雄から、「頭脳を休ませる工夫をしろ」と忠告された。五〇歳という年齢でその生涯を閉じるまで、明晰《めいせき》なる頭脳は常に回転を続けたというべきではないだろうか。

秋《あき》山《やま》好《よし》古《ふる》

「日本騎兵の父」の晩年は、故郷北予中学の校長先生

日露戦争開戦時、騎兵第1旅団長。松山藩の下級武士・秋山久敬の三男で、秋山真之の実兄にあたる。働きながら藩校·明教館で学び、師範となって小学校教師の職を得るが、1877（明治10）年、陸軍士官学校へと入学。日清戦争では騎兵第1大隊長として出征。1916（大正5）年、陸軍大将となる。ついで1920（大正9）年に教育総監を拝命した。

皆が油断しているときでも、気を抜かない

秋山真之の兄・好古は、「日本騎兵の父」「最後の武士」など数々の異名に彩られた人物だ。日清戦争が終わってまもなく、陸軍乗馬学校の校長になった好古は、フランス留学時代の経験をもとに騎兵戦術を練り、それを生徒たちに教え込んだ。好古の『本

邦騎兵用兵論』は日本騎兵の戦術を説いた名著といわれる。

日露戦争に好古は、奥保鞏《おくやすかた》率いる第二軍隷下の騎兵第一旅団長《りょだん》として従軍した。幾度となく戦われた会戦のなかでも、好古の名を一躍有名にしたのが、黒溝台《こっこうだい》会戦（100ページ）である。当時は厳冬期にあたり、両軍は十一月より冬営に入っていたため、日本軍の総司令部は、ロシア側は攻めてくることはあるまい、事実上の休戦期間だと考えていた。そんななかでも好古は、ただひとり、周到に騎馬偵察を命じ続けた。

その読みが当たった。一〇万ものロシア軍が、手薄な日本軍の左翼へと攻勢を仕掛けてきたのである。この最左翼を守っていたのが、好古の騎兵旅団であった。いち早くそれを察知した好古は、総司令部に急いで知らせるものの、ロシア軍の冬期攻勢はないと考える総司令部は取りあわない。腹を据《す》えた好古は、各陣地を守る部下に指令を出しながら、援軍が到着するまで自軍の一〇倍以上の大軍を迎え撃ち、各陣地をついに守り通したのだった。

戦場でも酒をあおる日本軍随一の酒豪

その好古といえば、ほかに類をみない酒豪としても有名であった。愛用のブランデーを入れた水筒を持ち、それをあおりながら作戦を練ったり、馬上で指揮を執ったりした。そのうえ時には前線でごろりと横になった。それは余裕を見せることで兵士たちの緊張をほぐし、士気を高めるためだったともいわれる。

給料を受け取って家に帰るまでに、そのほとんどがビールやウイスキー代に消えてしまったこともあったという。当時の上級軍人の給料を一夜で使い果たしてしまうのだから、その酒豪ぶりたるや、推して知るべしである。

好古は、「簡素明瞭な人生でありたい」「生涯において男は一事を成せばいい」「早くに妻を持つと堕落《だらく》する」という、三つの主義を持っていた。

まず最初のふたつについては自分は軍人である、その矩《のり》を踰《こ》えて人生や国家を憂うとそれだけ思慮が曇る、（余計なことは考えずに）自らはただ日本の騎兵隊を育成することに情熱を捧げると、好古はそう語っている。

また、「早くに妻を持つと堕落する」という考え方も、彼ならではのものだ。結婚は男子が志を遂げるうえで邪魔になるというわけである。自らの信じる道を、わき目もふらず邁進《まいしん》するのがなにより大事だ、と。その後、三五歳にして旧旗本・佐久間家のお多美と結婚するが、妻を持ってからも基本的に信念は変わらなかったようで、たびたび真之や部下などに早い結婚を戒めている。

その後、陸軍大将までのぼりつめた好古であったが、なんと軍人最高の栄誉である元帥への推挙を断り、故郷の松山に戻ってしまう。そして一九二四（大正十三）年以降、私立の北予《ほくよ》中学校（現・県立松山北高校）の校長を六年間にわたり務めた。今でいえば、大臣を務めた政治家が片田舎の校長になるようなものだ。好古は「日本人は地位を得て退職すると遊んで恩給で食うことばかりを考える。それはいかん。俺でも役に立てば何でも奉公するよ」という持論を実践したのである。

ヨーロッパで私立学校の高い教育レベルを目の当たりにした好古にとって、当時の日本で官立学校と私立学校のレベルに大きな隔たりがあることは大きな心配事だった。就任早々、自ら資金集めをして講堂を建て、勉強にいそしむ環境を整えてやっている。

その働きぶりは勤勉で、七二歳で亡くなる七ヶ月前まで一日も休まず勤めた。毎朝早く出てきて生徒ひとり一人に挨拶《あいさつ》をし、自ら教壇に立つこともあったという。

「日本騎兵の父」と呼ばれながら、好古は決して戦争を好む人間ではなかった。築いた地位に甘んじて、悠々自適の晩年を過ごすことなく、日本の発展に尽くし続けたのである。

正《まさ》岡《おか》子《し》規《き》

俳句界に革命を起こした男は、その病身に戦闘精神を秘めていた

明治時代の俳人・歌人・国語学研究家で、本名は常規。松山中学を経て東京の大学予備門へ入学。帝国大学に進学するも、病から中退し、1892（明治25）年、日本新聞社に入社。また、1898（明治31）年からは短歌の革新を手掛け『歌よみに与ふる書』を連載するなど意欲的に活動したが、22歳の頃より冒されていた肺結核の悪化と合併症により、1902（明治35）年に没した。

「生死の覚悟なら、軍人などには負けない」

正岡子規の『歌よみに与ふる書』は、和歌に革新をもたらした歌論としてつとに名高い。若くして結核で命を落としたゆえか、子規にはどこか弱々しいイメージがつきまとう。しかし持論を唱える文章は、気迫に満ち、そこからは子規の闘争心にも似た情熱を存分に感じ取ることができる。

子規が初めて喀血《かっけつ》に襲われたのは、二二歳の時だった。当時、肺結核は不治の病であり、治療法すら確立されていなかった。ただ十分な栄養を摂り、安静にするしか手はない。一八九〇（明治二十三）年には帝国大学文科大学哲学科に晴れて入学するものの療養などが原因となり落第。子規は中退を決意し、かねてから交流のあった日本新聞社の社長・陸羯南《くがかつなん》を訪ねて、入社したいとの希望を伝えた。子規の文学的才能を高く買っていた羯南は、その申し出を快く受け入れた。

日本が日清戦争へと突入したのは、それから数年後の一八九四（明治二十七）年のことである。子規は戦意高揚を謳《うた》う文章を新聞に発表する。故郷・松山時代からの友人だった秋山真之は、子規の文章に漂うすさまじい戦闘精神に、並の軍人など足元にも及ばないと、心の底から感服したという。俳句の弟子であり、晩年、病気の子規に寄り添った高浜虚子《きょし》に対し、子規はこう語っている。

「生死の覚悟なら、軍人などには負けない。勇気よりもっと底深い、大勇猛進というものが私を動かしているのだ」

自らの寿命は長くはないと感じていた子規にとって、一日一日はまさにかけがえのないものだった。子規は、日清戦争に従軍したいと望むようになる。国威発揚《こくいはつよう》が叫ばれ、軍歌が歌われ、旭日旗が華々しく舞っていた。戦勝の知らせが続々届く。真之や俳句仲間たちは、すでに戦地に赴いている。自分が病に冒されているのは重々承知だ。しかし子規は内にわく、突き動かされるような感情を抑制することができなかった。友人と比べて、自分だけが置き去りにされるようにも感じたであろう。

なにより子規は、文学者として経験主義的思想を抱いていた。単なる机上の学問ではなく、自らの眼や耳で感じとったものにこそ価値がある。日清戦争という国家の一大事を体験しないことは、人生を放棄するに等しかった。

はじめ子規の身体を心配した陸は許さなかったが、ついに根負けし、一八九五（明治二十八）年四月、従軍記者として旅立つことを認める。しかし心配されたとおり、子規は帰途の船で喀血を繰り返し、帰国するとそのまま神戸病院へ入院。さらに須磨《すま》の保養院、松山で療養生活を続けることになる。

名を残したのは、俳句ばかりでない!?

故郷・松山では、当時、松山中学で英語教師として働いていた夏目漱石と同じ下宿にいた。子規はこの家に「愚陀仏庵《ぐだぶつあん》」という庵号をつけ、そこには多くの俳句仲間が集った。漱石も子規の影響により、本格的に俳句を始めている。

ところで病に苦しんだイメージが強い子規だが、そんな彼がスポーツの分野で現代に名を残しているという意外な事実がある。

病弱な体が示すように運動が苦手な子規だったが、実は明治になって日本に入ってきたばかりの野球に、並々ならぬ愛情を注いでいた。

子規は幼名を「升《のぼる》」といったが、それにちなみ、「能球」「野球」という雅号を使い、「のボール」と読ませた。ここから「野球」という訳語は子規がつくったものという俗説が生まれた。

また、野球をテーマにした小説まで書いているし、「九つの人九つの場をしめてベースボールの始まらんとす」などと、俳句に関しても野球を詠《よ》んだものが数多く残っている。

一九〇二（明治三十五）年、子規は三六歳の若さでその短く激しい人生の幕を閉じた。没後百年にあたる二〇〇二（平成十四）年、文学を通じて野球の普及に貢献したとされ、子規は文学界では異例の野球殿堂入りを遂げた。

『坂の上の雲』クイズ

第1問

好古は松山時代、貧しい家計を支えるためにあるアルバイトをしていたという。それは次のうちどれか?

①女郎屋の用心棒

②旗本の家庭教師

③風呂屋の番頭

第2問

秋山真之が連合艦隊の戦術の手本としたのは、次のうちどの戦術か?

①古代ギリシアのアテネ水軍

②スペイン無敵艦隊を破ったイングランド海軍

③瀬戸内海を支配した村上水軍

第3問

野球に熱中した子規。彼がついていたポジションとはどこか?

①一番目立つピッチャー

②チームの要キャッチャー

③病弱なため監督

答え

第1問：③（真之が生まれたとき、寺に預けられるところだったのを好古が止め、生活を支えた。そのため、真之は兄に頭が上がらなかった）

第2問：③（真之は瀬戸内の水軍戦法に興味を示し、小笠原長生少佐から「能島流海賊戦法」という古い戦術書を借りて村上水軍に学んでいる）

第3問：②

第4章

陸軍、海軍――好古・真之はこんな人たちに囲まれ、仕事をしていた！

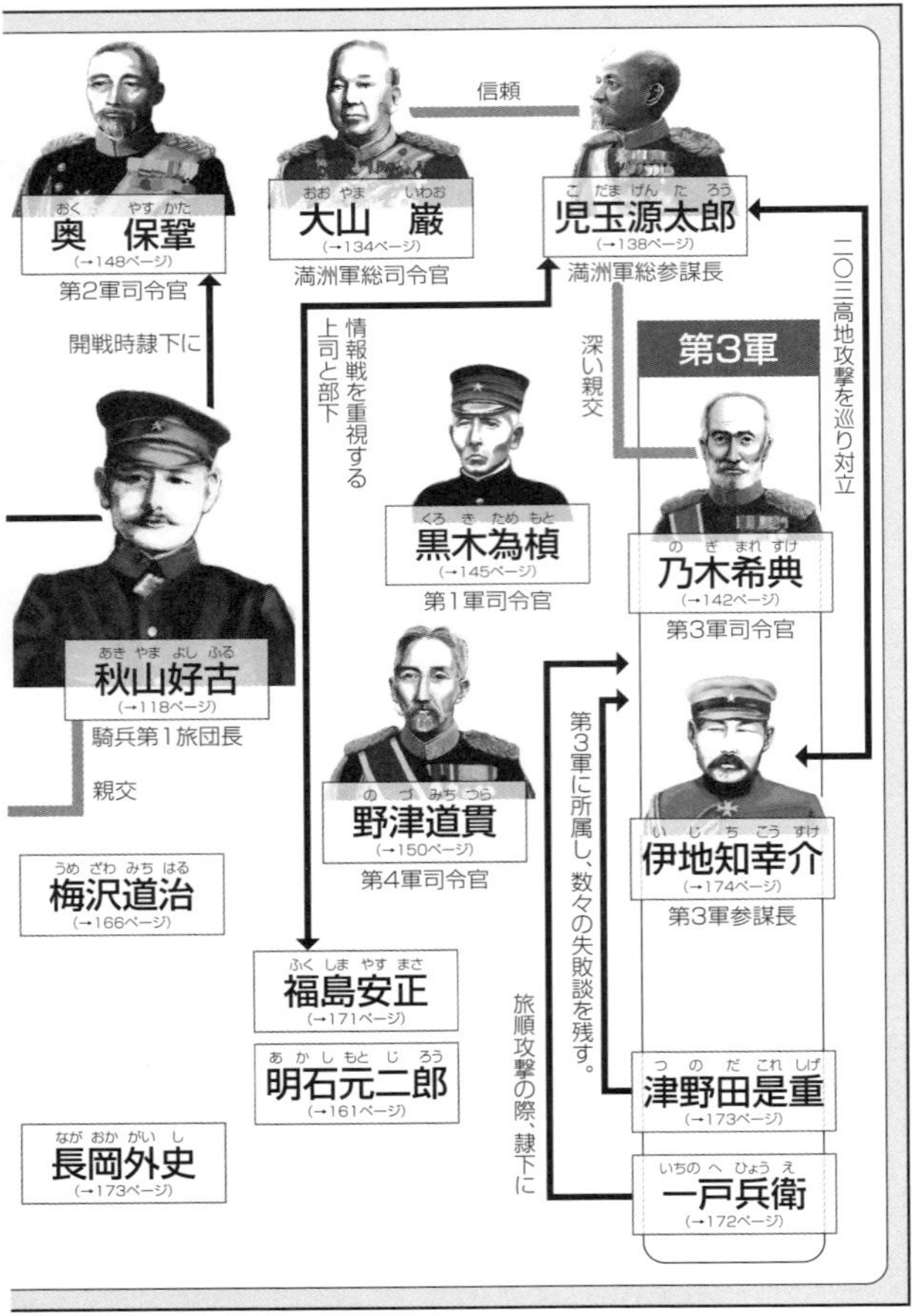
奥《おく》　保鞏《やすかた》
(→148ページ)
第2軍司令官
大山《おおやま》　巌《いわお》
(→134ページ)
満洲軍総司令官
信頼
児玉源太郎《こだまげんたろう》
(→138ページ)
満洲軍総参謀長
二〇三高地攻撃を巡り対立
開戦時隷下に
情報戦を重視する上司と部下
深い親交
第3軍
黒木為楨《くろきためもと》
(→145ページ)
第1軍司令官
乃木希典《のぎまれすけ》
(→142ページ)
第3軍司令官
秋山好古《あきやまよしふる》
(→118ページ)
騎兵第1旅団長
親交
野津道貫《のづみちつら》
(→150ページ)
第4軍司令官
伊地知幸介《いじちこうすけ》
(→174ページ)
第3軍参謀長
第3軍に所属し、数々の失敗談を残す。
梅沢道治《うめざわみちはる》
(→166ページ)
福島安正《ふくしまやすまさ》
(→171ページ)
明石元二郎《あかしもとじろう》
(→161ページ)
旅順攻撃の際、隷下に
津野田是重《つのだこれしげ》
(→173ページ)
長岡外史《ながおかがいし》
(→173ページ)
一戸兵衛《いちのへひょうえ》
(→172ページ)

陸軍、海軍——好古・真之はこんな人たちに囲まれ、仕事をしていた！

● 秋山兄弟と明治の陸海軍相関図

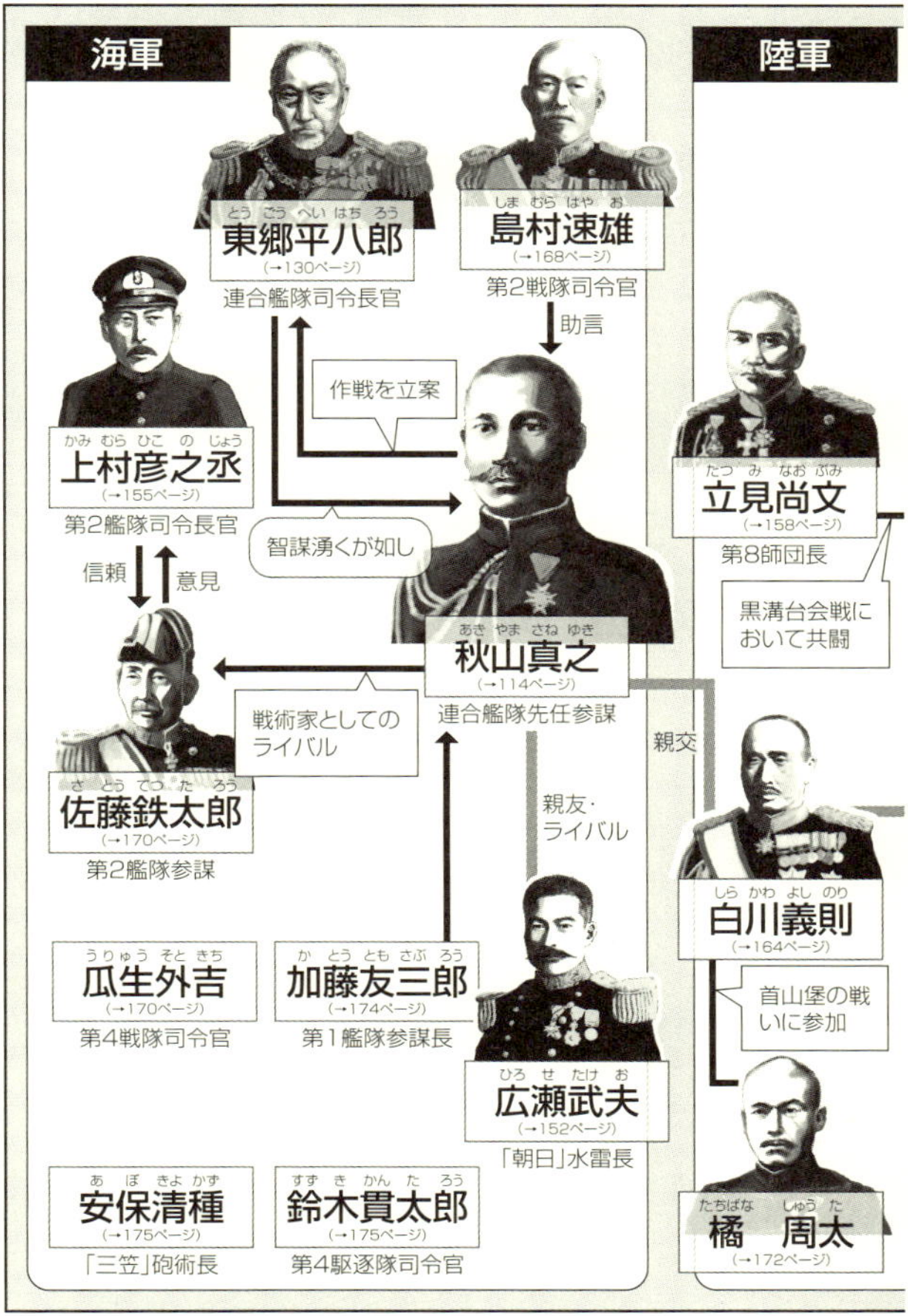
海軍
陸軍
東郷平八郎《とうごうへいはちろう》
(→130ページ)
連合艦隊司令長官
島村速雄《しまむらはやお》
(→168ページ)
第2戦隊司令官
助言
作戦を立案
上村彦之丞《かみむらひこのじょう》
(→155ページ)
第2艦隊司令長官
智謀湧くが如し
信頼
意見
秋山真之《あきやまさねゆき》
(→114ページ)
連合艦隊先任参謀
立見尚文《たつみなおぶみ》
(→158ページ)
第8師団長
黒溝台会戦において共闘
親交
戦術家としてのライバル
佐藤鉄太郎《さとうてつたろう》
(→170ページ)
第2艦隊参謀
親友・ライバル
白川義則《しらかわよしのり》
(→164ページ)
首山堡の戦いに参加
瓜生外吉《うりゅうそときち》
(→170ページ)
第4戦隊司令官
加藤友三郎《かとうともさぶろう》
(→174ページ)
第1艦隊参謀長
広瀬武夫《ひろせたけお》
(→152ページ)
「朝日」水雷長
安保清種《あぼきよかず》
(→175ページ)
「三笠」砲術長
鈴木貫太郎《すずきかんたろう》
(→175ページ)
第4駆逐隊司令官
橘《たちばな》　周太《しゅうた》
(→172ページ)

世界に名高い「東郷ターン」で、バルチック艦隊を壊滅させた元帥

東《とう》郷《ごう》平《へい》八《はち》郎《ろう》

日露戦争を通じて連合艦隊司令長官を務めた薩摩藩出身の海軍軍人。薩英戦争を機に、幕末の動乱に身を投じた。1871（明治4）年にはイギリスへ留学し、近代航海術、操船術、国際法などを学んだ。日露戦争で日本海海戦の劇的勝利をもたらしたのち、1913（大正2）年には元帥府に列せられ、海軍の重鎮として君臨した。1934(昭和9)年、88歳で死去すると国葬が営まれた。

世界的名提督といわれた「戦績」と「人柄」

日露開戦前、舞鶴鎮守府《まいづるちんじゅふ》の長官を務めていた東郷平八郎は、一九〇三（明治三十六）年十二月、常備艦隊司令長官に就任した。日露開戦が近いとされるなか、このポストに就くということは、開戦となって連合艦隊が編制された際、その司令長官となるこ

とを意味し、まさに抜擢といえた。

東郷を推したのは、時の海軍大臣・山本権兵衛《ごんべえ》である。当時の常備艦隊司令長官は、山本と海兵同期の日高壮之丞《そうのじょう》中将だった。だが山本は、独断専行型の日高はその地位にふさわしくないと判断し、中央の命令にも忠実に従い、そのうえ果断で合理的な判断もできる東郷に海軍の運命を委ねたのだ。七年間、世界一の国力を誇るイギリスへ留学した経験を持ち、日清戦争でも冷静な判断力を発揮した東郷なら、秋山真之や佐藤鉄太郎など新しい海上戦術の知識を持つ部下も使いこなせると考えたのだろう。

しかしその人事には、多くの人が疑問を持った。明治天皇から東郷を選んだ理由を聞かれた山本は、「運の強い男ですから」と応えるに留まった。伊藤博文・山縣有朋らの元老《げんろう》会議でも、東郷で大丈夫かという声が出たが、山本はあくまで自案を押しとおした。山縣有朋に至っては自ら東郷に会いに行ったという。その人柄をたしかめずにはいられなかったのだ。

そうやって連合艦隊の指揮官となった東郷は、日本海海戦を前にしてバルチック艦隊がウラジオストクへ向かう進路を対馬《つしま》経由と読んだ。参謀や各司令官たちは、対馬・津軽・宗谷《そうや》のどこをとおるかを巡って議論を闘わせたが、東郷の腹は決まっていた。

その読みどおりバルチック艦隊は対馬海峡を通過。対馬沖において連合艦隊とバルチック艦隊は遭遇した。連合艦隊の先頭を行く旗艦「三笠」とバルチック艦隊の先頭艦との距離がみるみる縮まり、両艦隊の距離が八〇〇〇メートルまで接近した時のことだった。東郷は突然、「取り舵《かじ》一杯」と命じて進路を一六八度変更させ、相手の進路を阻《はば》んだ。ここに「丁字《ていじ》」の形が現出し、連合艦隊の砲撃はバルチック艦隊の先頭艦に集中。次々に大破炎上させていった。

この丁字戦法を考え出したのは、作戦参謀・秋山真之といわれる。だが、絶妙のタイミングを見定めて回頭を指示し、見事成功させたのはほかでもない、東郷本人だった。結果、連合艦隊は海戦史上、類を見ない圧倒的勝利を収めるのである。

世界最大規模のバルチック艦隊を完膚《かんぷ》なきまでに叩き潰した東郷は、戦績、人柄ともに軍人の鑑《かがみ》とされ、その名は世界に知れわたった。日本海軍の英雄であるだけでなく、イギリスのネルソンと並ぶ世界的名提督と謳われた。

「東郷さんが平時に口出しすると、必ず失敗する」

晩年の東郷は、「生ける神」として神格化された。彼の発言は絶対視され、そのために海軍は、いくつもの不利益をこうむった。

たとえば一九三〇（昭和五）年、ロンドン海軍軍縮条約の調印の時のことだった。海軍では「強硬派」と「条約派」が激しく対立した。東郷は「強硬派」に担《かつ》がれ、軍備を縮小するべきではないとかたくなに条約締結に反対、海軍内にしこりと対立を残した。これ以降、海軍は太平洋戦争に突入するまで派閥抗争に揺れることになる。

さらに一九三二（昭和七）年、伏見宮博恭《ふしみのみやひろやす》親王の軍令部総長就任に東郷はひと役買ったといわれるが、その伏見宮は、以後海軍の政策や人事にことごとく干渉し、海軍が対英米戦へとひた走る原因をつくってしまうのだ。海軍大将・井上成美《しげよし》は、

「東郷さんが平時に口出しをすると、必ず失敗する」

と語っている。東郷は、戦いの才能はたしかに並外れたものがあった。しかし、政治的センスはなかったようだ。

神格化に限っていえば、興味深い逸話がある。死の三年前にあたる一九三一（昭和六）年頃、東郷の功績を称え、是非とも東郷神社を建立したいという申し出があった。これに対して東郷は、「自分はまだ生きている」と憤慨したという。彼が神として祀《まつ》られ、東郷神社が建立されるのは、一九四〇（昭和十五）年のことである。

大《おお》山《やま》巌《いわお》

茫洋たる容貌と将器に覆われた〝がま坊〟

日露戦争を通じて満洲軍総司令官。元薩摩藩士で幕末には従兄弟の西郷隆盛のもとで活躍した。戊辰戦争では砲隊長として従軍し、のちに「弥助砲」を開発した。帰国後は陸軍建設に尽力して、陸相などを歴任し、1898（明治31）年に元帥。その茫洋とした姿から、児玉に“がま坊”のあだ名をつけられた。日露戦争後、1916（大正５）年に死去するまで内大臣を務めていた。

「負け戦のときは私が指揮を取ります」

薩摩出身の大山巌は、西郷隆盛の従兄弟《いとこ》にあたる。山縣有朋と並ぶ陸軍の実力者だ。そんな大山のあだ名は、〝がま坊〟。日露戦争の際に、大山の配下にいた児玉源太郎が命名したといわれるが、写真を見ると、たしかにふっくらした目元や頬《ほお》にその理由がうかがえる。同時にその顔は、茫洋《ぼうよう》とした人物という彼の評判を十分に感じさせる。

若い頃、藩から大砲役に任じられると、大砲バカと揶揄《やゆ》されるほど、その道に打ち込んだ。鳥羽《とば》・伏見《ふしみ》の戦いでは大砲隊一番大隊長として従軍し、会津、箱館と戦歴を重ねた。戊辰《ぼしん》戦争を終えて薩摩に帰った時に、アメリカ式の前込式滑腔臼《まえごめしきかつわんきゅうほう》砲の射程を伸延した改造砲を発明し、その大砲は、彼の幼名を取って「弥助砲《やすけほう》」と呼ばれた。

日露戦争が開戦した当初、大山は参謀総長として日本で作戦指導をしていた。しかし戦いが激化すると、満洲軍総司令官につきたいと自ら望み、「出征する各軍の司令官は、一代の雄ばかりだ。歴戦の強者が集う日本軍を統率するのは、自分以外にはない」と語り、満洲へと渡った。

だが日露戦争中の大山については、どこかとぼけた逸話が多い。

遼陽《りょうよう》の日本軍と奉天《ほうてん》のロシア軍が沙河《さか》付近で激突し、総司令部が騒然としているさなか、昼寝から目覚めた大山は、こう言った。

「児玉さん、今日もどこかでゆっさ（いくさ）がごわすか」

その言葉を聞くと、参謀たちの緊張は思わず弛緩《しかん》したという。それでも本来の性質は俊敏で、叡智《えいち》を宿していた。「戦いは児玉さんにすべてやってもらいます。負け戦の時は私が指揮を執ります」との言葉も残しており、大きな人間性が、その知性を包み隠していたともいえよう。

無類の愛妻家イワオ

そんな茫洋としたイメージの大山であるが、なかなか隅に置けない。

軍事学の習得のために、維新後まもなくの四年間、フランスへと留学した経験を持つ大山は、当時の誰もが憧《あこが》れた西洋的な素養を多分に有していた。

大山の妻は山川捨松《やまかわすてまつ》という旧会津藩士の娘であるが、この妻がまたすごい。津田梅子《つだうめこ》、永井繁子《ながいしげこ》などとともに渡米した日本初の女子留学生五名のうちのひとりなのである。一二歳から二三歳という多感な時期をアメリカで過ごした彼女は、当時の米女子教育の最高峰、バッサー・カレッジを優秀な成績で卒業した。

捨松は英語やダンスが得意で、かつ日本女性初の米学士号も取得した才女だったから、結婚後、大山は妻の捨松とともに上流階級の中心人物となった。官費での留学であったことから、捨松も自身の経験を社会に還元しなければならないと考えていた。

そんな彼女の気持ちもあり、大山夫婦は明治の社交界を彩った鹿鳴館《ろくめいかん》で繰り広げられる舞踏会の中心として活躍したのである。

捨松は大山の後妻であり、一八歳も年齢が離れていたが、彼女のほうから望んで嫁いだと伝えられている。当然ながら大山も、アメリカ的ライフスタイルと思想を持つ捨松に、理解を示した。ふたりの結婚式の招待状は金の縁取りに彩られ、全文がフランス語で書かれていた。当時としては珍しく、互いを名前で呼び合っていたといわれ、その洋風の暮らしが垣間見られる。

また、捨松は、近代日本においていち早くボランティア活動を実践した女性でもあった。夫が日露戦争に出征した妻、また夫を亡くした未亡人などを困窮《こんきゅう》から救おうと、アメリカの週刊誌に日本の立場の正当性を訴えるとともに、自分たちの援助活動を紹介する英文の手記を発表した。それが功を奏し、アメリカ世論の同情を得、義捐金《ぎえんきん》がアメリカから日本へと送られるに至った。その行動力は、当時の女性としては群を抜くものだった。

そんな妻を、大山は終生深く愛し続けた。彼にとってなにより大事なのは愛妻との一時であり、栃木県那須野原《なすのはら》に持つ農場での時間だった。家庭を大切にするのは、西洋的価値観が骨身に沁《し》み込んだ、大山らしい生き方といえた。

児《こ》玉《だま》源《げん》太《た》郎《ろう》

軍事だけに留まらない才覚を見せ続けた「百年に一度の知将」

日露戦争を通じて満洲軍総参謀長。戊辰戦争や西南戦争で活躍したのち、東京鎮台歩兵第2連隊長、参謀本部管東局長、参謀本部第1局長を歴任し、1887（明治20）年に陸軍大学校の校長に就任した。日露戦争では降格人事を引き受けて参謀次長となり、満洲軍総参謀長として作戦指導に当たった。戦争終結の10ヶ月後、脳溢血により急逝。享年55。

大臣の座をなげうち、下級職への就任を即座に受諾

「百年に一度の知将」と称賛され、桂太郎、川上操六《そうろく》とともに「明治陸軍の三傑《さんけつ》」ともいわれた児玉源太郎。その才智は、参謀として参加した一八七七（明治十）年の西南戦争で早くも発揮された。西郷隆盛率いる薩摩軍がまず攻めると思われたのは、熊

本鎮台《ちんだい》だった。鎮台を守る政府側の兵は、わずかに二〇〇〇。児玉は、周辺の陣地をすべて捨て、熊本城に籠城《ろうじょう》して戦力を集結すべきだと進言、それが見事に成功した。

そんな児玉に新しい戦術を教えたのが、一八八五（明治十八）年に来日したドイツ人将校クレメンス・メッケルの教えである。一八八七（明治二十）年以降、陸軍大学校の校長に就任していた児玉は、このメッケルの講義を聴講し、伝統的なプロイセンの戦術思想と高等兵学を学んだ。とりわけ大きかったのは、戦争はただ武力衝突のみにあるのではなく、事前の情報戦が勝敗を左右すること、そして日本にはなかった兵《へい》站《たん》（補給、修理、医療など戦闘部隊の後方にあって作戦行動の継続を支える組織・活動）の概念を学んだことだった。

児玉の才覚は、軍事のみに留まらない。日清戦争後の一八九八（明治三十一）年、台湾総督に就任した児玉は、民間人の後藤新平を民政部長官に起用して、融和的政策で抵抗運動の激しかった現地の安定化に成功した。その後は陸軍大臣や、内務大臣、文部大臣を兼務するまでになる。身長五尺（一五〇センチ）と小柄な児玉は、その背丈とは相反し、日本を代表する大人物となったのだった。

一九〇三（明治三十六）年、日露間に暗雲が立ち込めるなかで、対露戦略を一手に担っていた参謀次長・田村怡与造《いよぞう》が急死してしまう。

この結果、開戦となれば現地で作戦指導を行なわなければならない参謀次長の席が空席になった。が、適任者がいない。参謀総長の大山は、日清戦争でともに戦った児玉に、無理を承知で打診した。すると児玉は大臣の座をなげうち、下級職への就任を即座に受諾した。児玉にとってはロシアという大国といかに戦い、いかに勝つか、その一点のみが重要だったのだ。

日露戦争を勝利に導いた「児玉ケーブル」

戦地での華々しい手柄ばかりがクローズ・アップされる児玉だが、実は彼はほかにも偉大な仕事を成し遂げている。別名「児玉ケーブル」とも呼ばれる、海底ケーブルを日本の周辺に張り巡らしたことだ。日清戦争後、児玉は戦争において電信がいかに重要かを痛感した。当時、勢力を伸ばしていたロシアとは、いずれ戦わねばならないだろう。何倍もの兵力を持つ大国の侵略を食い止めなければならない日本にとって、それは悲壮な覚悟といえた。にもかかわらず当時の日本の通信は弱点だらけだった。

大北《だいほく》電信会社が使っている通信回線は、会社がもともとロシアと繋《つな》がりがあるため、その回線を使うと、日本側の軍事情報を簡単にロシアが入手してしまう。事実、ロシアは日本の暗号の七割を解読しているともいわれた。さらには長崎・呼子《よぶこ》～朝鮮半島・釜山《プサン》回線は、欧米の民間人も使うため、軍の独占は不可能だ。イギリスやアメリカなどと極秘に連絡を取る場合も、情報漏《も》れの心配があった。

なんとしても日本独自の海底ケーブルを敷設しなければならない。児玉はそう考えた。まず敷設船を入手し、日本本土や大陸、半島などに独自のケーブルを敷いて、大本営と直接連絡が取れるようにした。本土から台湾を経由してイギリスの電信会社と繋がる形をとれば、大北電信やロシアとは無関係に欧米とも連絡が取れるだろう。

児玉はさっそくイギリスの会社に発注していた日本初の敷設船『沖縄丸』の工事を急ぐよう督促《とくそく》した。そして九州の大隅《おおすみ》半島から石垣島、台湾へと続く、支線も含めると九六九海里にもわたる長距離海底ケーブル回線を完成させたのである。

当時、欧米でも米英以外の国では難しいとされた長距離回線を、測量から敷設、局舎建設から電信機製造まで欧米人の指導や支援なく、日本独自の力で成し遂げた。有色人種としては初めてであり、ロシアはもちろんそんな設備を持っていなかった。児玉の並外れた情報戦略への意識が、日露戦争を勝利へと導く礎《いしずえ》となったのである。

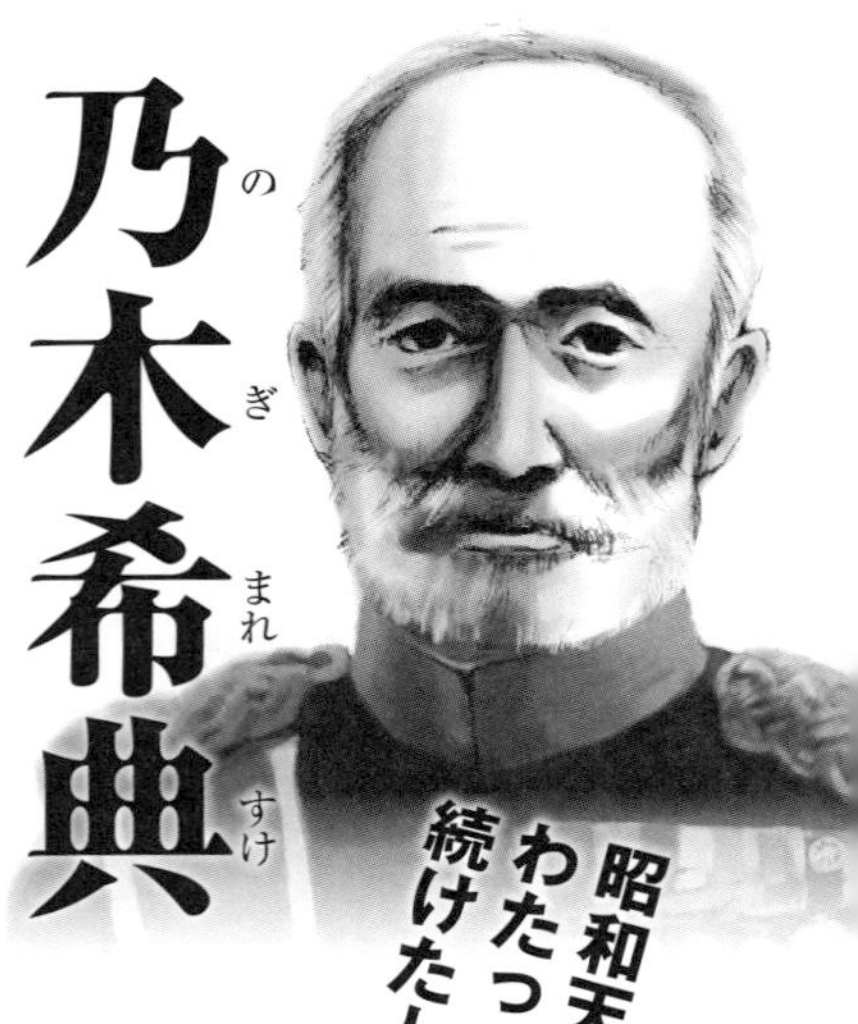

乃《の》木《ぎ》希《まれ》典《すけ》

昭和天皇に生涯にわたって尊敬され続けた人格者

明治時代の陸軍軍人で、日露戦争を通じて第3軍司令官を務める。西南戦争では軍旗を奪われるという失態を犯したが、日清戦争では歩兵第1旅団長として従軍。1896（明治29）年、第3代台湾総督となるが、行政能力を発揮できずに辞任。戦後は学習院院長として皇族の教育を担当。明治天皇大葬当日に殉死した。享年64。1916（大正5）年、裕仁親王の立太子礼に際して、正二位を贈られた。

乃木希典は、武士道精神を持つ人徳の将として人々から崇《あが》められた。それは世に名高い水師営《すいしえい》の会見による。日露戦争では、乃木は第三軍司令官として出征した。だが第三軍が担当した旅順《りょじゅん》攻撃は、約一〇万の兵力のうち、一万六〇〇〇もの死傷者を出す事態となった。児玉の助力もあって、難攻不落といわれた要塞《ようさい》を半年かけて陥落させると、乃木のもとにロシア軍の司令官ステッセルが停戦を求めてきた。乃木はこれを快諾し、一九〇五（明治三十八）年一月五日、両者は水師営で相見《あいまみ》えた。

その際、敗将であるステッセルに帯刀を許し、記念撮影では同列に並んだところを撮ることを条件に許可している。あくまで相手を慮《おもんぱか》ったのである。

そんな乃木は、質実剛健《しつじつごうけん》、謹厳《きんげん》そのものの人、というイメージが定着している。しかしかつての乃木は、酒豪といわれるほどの酒飲みであり、日常的にもよくハメを外していた。それが四〇歳近くになり、陸軍少将の時にドイツに留学した頃から変わった。プロシア軍人の厳しい生活態度と精神を身につけて帰ってきたのである。

日露戦争後、多くの戦死者を出したことに責任を感じていた乃木は、天皇との謁見《えっけん》において、「多くの忠良な陛下の赤子《せきし》を失った罪を、死をもって償《つぐな》いたい」と涙ながらに語り、ほかの将軍たちはいたたまれなくなって席を外した。その時天皇は、彼を心配し、「乃木、朕《ちん》が生きているうちは死んではならぬぞ」と声をかけたという。

その乃木を天皇は学習院院長に任命する。自分の孫、のちの昭和天皇らの教育を委《ゆだ》ねたのだ。昭和天皇はこの乃木から多くの薫陶《くんとう》を受け、内輪の昼食会の席では「私の人格形成に最も影響があったのは乃木希典学習院院長であった」と語り、生涯にわたり尊敬し続けた。

一方で、そのお堅い性格のために人生を変えられた女性もいた。一九〇八（明治四十一）年、日本初の美人コンテストで優勝した末弘《すえひろ》ヒロ子は当時一六歳で、学習院女子部中等科の三年に在学していた。それを聞いた乃木は、「婦女子が見世物になるなどけしからん」と激怒し、なんとヒロ子を退学処分としてしまうのである。

しかし乃木は、不憫《ふびん》にも思っていたのか、親交のあった野津道貫《のづみちつら》（150ページ）の息子とヒロ子を結婚させている。

また一九一二（明治四十五）年、東京の中央線に初の女性専用車が登場したのも、乃木の要望が背景にあった。通学時、女子学生はチカン行為などの被害に遭う人が多かった。また、見知らぬ男から恋文を渡されるケースもあったという。そこで乃木や女学生の父母が苦情を届けた結果、女性専用車両の実現に一役買ったというわけだ。

その乃木は、一九一二（大正元）年九月十三日、明治天皇御大喪の御羽車《おはぐるま》が皇居を出発する合図の号砲とともに切腹し、そのうえで自らの喉《のど》を切った。妻の静子《しずこ》も胸を刺し、ともに自害を遂げた。殉死《じゅんし》の理由として乃木があげたのが、西南戦争の際に、天皇から拝受した軍旗を薩摩軍に取られたことだったが、本当の理由は定かではない。ただ明治天皇に殉じたその死は、多くの人に衝撃を与えたのである。

黒《くろ》木《き》為《ため》楨《もと》

明治天皇にも容赦なしの司令官は、ユーモア精神に溢れていた

日露戦争は、極東の小さな島国である日本が、大国ロシアに挑んだ戦いだった。それだけに緒戦《しょせん》に華々しい勝利を収め、勢いをつけたいと軍上層部は思っていた。同時に戦費調達のために募集している外債のためにも、諸外国に日本の力を大いに知らしめ、信頼を勝ち取らねばならなかった。その大役を担ったのが、黒木為楨である。

一九〇四（明治三十七）年三月の進発（出陣）にあたって黒木は、「今ヤ諸士《しょし》ハ為

日露戦争を通じて第1軍司令官。戊辰戦争での活躍が評価され、1869（明治2）年、近衛歩兵第1大隊小隊長に任命される。1877（明治10）年の西南戦争では西郷隆盛率いる薩摩軍を敵として戦った。1903（明治36）年、陸軍大将へ昇進。翌年日露戦争に従軍し、鴨緑江、遼陽などの会戦で活躍した。1917（大正6）年～1923（大正12）年まで枢密顧問官を務めたが、元帥にはなれなかった。

楨ト共ニ帝国陸軍ノ先頭ニアリ。ソレ先頭ノ任タル、極メテ重ク、全軍ノ士気、実ニコレニカカル」と訓示を述べている。先鋒《せんぽう》としての役割を胸に刻んだ第一軍は、またたく間に朝鮮半島を制圧する。さらに四月二十一日には、朝鮮と清（中国）国境の鴨《おう》緑江《りょっこう》にまで到達した。これに慌てたのはロシア軍である。彼らは、ここに日本軍が到着するのはせいぜい五月中旬頃だろうと踏んでいた。

しかし、勇猛果敢な黒木率いる第一軍が姿を現わしたのは、それより約一ヶ月も早かった。そのまま突進を続けようとする黒木に対し、参謀本部は第二軍との連携をとるため、攻撃は少し待つようにと告げた。だが黒木は、承知しなかった。断固として押し切り、四月三十日未明、攻撃を開始したのである。

第一軍は鴨緑江を渡って九連城《きゅうれんじょう》を落とすと、続いて湯山城《とうざん》、鳳凰城《ほうおう》を攻撃。不意をつかれたロシア軍はあっけなく敗走し、その勝利は欧米に強烈な印象を残した。戊辰戦争以来の豊富な経験は、黒木を勝機を読むことのできる名将へと成長させていた。

続く遼陽《りょうよう》会戦では、太子河《たいしが》をはさんで向かい合うロシア軍を小部隊で釘づけにし、主力は迂回させて、渡河させるという行動を取った。同行していたドイツの観戦武官ホフマンが「成功率二〇％」と断じた大胆な作戦でロシア軍の背後を捉えたのである。

その黒木は、薩摩隼人《さつまはやと》らしい豪傑として知られた。明治天皇と相撲《すもう》をとった時、遠慮なく投げ飛ばして周囲を驚かせたというのは、そんな人柄をよく表わす逸話だ。しかし一方で、ユーモアに溢れる人物でもあった。

日露戦争中、黒木は外国の従軍記者や武官に対しても、開放的な態度を取った。外部に対してシークレットな雰囲気を出していた日本軍のなかにあって、彼は例外だった。記者の取材に対しても気さくに応じ、評判がよかったという。

日露戦争の活躍が海外でも報じられると、黒木のもとには、「将軍のサインが欲しい」「自分の所有する鉱山に〝ゼネラル・クロキ〟と命名したのでよろしく」などというファンレターが、ドイツやフランス、アメリカなど世界中から届いたという。

それに対し、黒木がどんな反応をしたかはわからない。しかし、その一端を垣間見ることのできる逸話がある。日露戦争から二年後の一九〇七（明治四十）年、アメリカを訪問した黒木は大歓迎を受けた。その際、地元紙に踊ったのはこんなタイトルだった。「将軍はアメリカ女性、なかでもブルネットがお好き」「殺到するカメラマンに、将軍は〝ロシア軍〟より手強いと語った」そこからは、無骨な武人にはないユーモア精神に溢れた深い人間性が浮かびあがる。

奥《おく》保《やす》鞏《かた》

微塵《みじん》の権力欲もなく、生涯を一武人としてとおした男

日露戦争を通じて第2軍司令官。佐賀の乱、神風連の乱の鎮圧に活躍し、西南戦争では、熊本籠城軍のなかにあって第1大隊長を務め、薩摩軍の包囲を突破して援軍と連絡を取った。日露戦争では全軍中最大兵力を誇る第2軍司令官として従軍。戦後、1906（明治39）年より参謀総長を務め、1911（明治44）年には元帥府に列せられた。

日露戦争では第一軍から第四軍、そして鴨緑江軍の五つの軍が編成されたが、その五人の軍司令官のうち四人が薩摩・長州藩出身者で固められていた。そのなかにあって薩長閥以外からただひとり軍司令官に選ばれたのが、福岡県・小倉出身の奥保鞏である。彼は、佐賀の乱や西南戦争などの軍歴から、「奥のいるところに間違いはない」と評価され、主力の第二軍を任されたのである。

奥率いる第二軍は大連《だいれん》付近に上陸し、まず遼陽と旅順のロシア軍の連絡を絶つべく、金州《きんしゅう》・南山《なんざん》の攻略に乗り出した。だが、そこに待ち構えていたのは最新鋭の機関銃を装備した一万五〇〇〇のロシア軍である。南山の戦いが始まると、約三万七〇〇〇の第二軍には死傷者が続出する。午前中だけで死傷者三〇〇〇を超える大損害を被《こうむ》ったのである。それでも奥は、攻撃続行を命じ続けた。以後の戦局を大きく左右する緒戦の勝利にあくまでこだわったのである。最終的には四五〇〇もの死傷者が出たところで、ロシア軍が撤退し辛くも勝利を得たのだった。

奥は、軍人としては大変に不利な聴覚障害があったといわれるが、沈思黙考型で、どんな戦況でも冷静さを失うことは決してなかった。南山の戦いでも桁《けた》外れの損害に慌てふためくことなく、重要な緒戦の勝利を見据えていたのである。

しかし、常に戦では大功を立てながらも、奥の名が広く知られることはなかった。自らの活躍を吹聴することもなく、軍人の出世コースである台湾総督の地位を勧められても固辞した。武人として政治には関わらないという姿勢を貫き通したのである。

その後は参謀総長を務め、一九一一（明治四十四）年には元帥府《げんすいふ》に列せられた。奥の軍職は約六〇年の長きにわたったが、生涯を一武人としてとおしたのである。

野《の》津《づ》道《みち》貫《つら》

血気にはやり、突撃を身上とした猪突《ちょとつ》猛進の将

日露戦争開戦時、独立第10師団長を務めたのち、第4軍司令官に就任。元薩摩藩士で、兄鎮雄とともに戊辰戦争、西南戦争などを戦い抜き、勇猛を謳われた。日清戦争では第5師団長として出征したのち、第1軍司令官ともなった。1900（明治33）年に教育総監となり、日露戦争後の1906（明治39）年、元帥に任じられたが、1908（明治41）年に没した。

野津道貫は薩英戦争、戊辰戦争、西南戦争、さらには日清戦争、日露戦争というように、幕末から明治にかけての戦争すべてに参加した古強者《ふるつわもの》である。西南戦争では、兄の鎮雄《しずお》とともに田原坂《たばるざか》の戦いで戦功を挙げ、「大野津、小野津」といわれた。

血気にはやる野津は、とにかく突撃を身上とした。西南戦争での活躍とともに、野津の勇猛さを物語る逸話がある。日露戦争の沙河会戦では、戦いの合間を見つけては狩猟に行き、幕僚たちに「獲物の血を飲め、元気がつくぞ」と、盛んに勧めたという。

そんな野津が日露戦争で任命されたのは第四軍司令官。しかし、第四軍は第一軍と第二軍の間を埋める役目を持っていたから、野津の勇猛果敢な性格のまま突進されては、他軍との攻撃のバランスが崩れかねない。そこで、第四軍の参謀長には上原勇作《うえはらゆうさく》少将がつけられた。フランスから帰ったばかりの上原は野津の女婿《むすめむこ》であり、彼の性格をよく知っていた。そして生来から、慎重な人間だった。この組み合わせは成功したようで、野津の蛮勇が悪い方向に発揮されることはなかった。

その野津の長男・鎮之助《しずのすけ》の妻がまたすごかった。その名を末弘ヒロ子といい、日本初のミスコンテスト「日本美女較《くら》べ」でナンバーワンになった女性である。小倉市長を父に持つヒロ子を、長男の嫁にどうかと薦めたのは当時、学習院院長を務めていた乃木希典である。ヒロ子はその頃、学習院女子部中等科三年に在学中であり、一六歳だった。厳格なことで知られる乃木は、コンテストで優勝したヒロ子を、退学処分にしたものの、それでは気の毒だと思い、親しかった野津の長男の嫁にと考えたのだ。

晩年、胃ガンと診断された野津の看病をしたのが、このヒロ子だった。戦火のなかに身をおき続けた猛将は、日本一の美女にその最期を看取られて逝《い》ったのである。

広《ひろ》瀬《せ》武《たけ》夫《お》

留学先でロシア女性と恋に落ちた、軍神第一号

日露戦争に、旅順口閉塞《りょじゅんこうへいそく》作戦（82ページ）という作戦があった。ロシアの旅順艦隊が籠る旅順港の狭い入口で、老朽《ろうきゅう》船を自沈させて敵艦隊を港に封じ込めようというのである。一九〇四（明治三十七）年三月、当時三七歳だった海軍少佐・広瀬武夫は、その作戦の二回目に参加した。だが、旅順口に近づくにつれ、ロシア軍の砲火は激しさを増し、広瀬が乗る「福井丸」にも敵の魚雷が命中し、船が沈みかかった。退避し

大分出身の海軍軍人。父は裁判官、兄は海軍少尉。1889（明治22）年、海軍兵学校を卒業。1897（明治30）年には国費留学生としてロシアに派遣され、同国の駐在武官としてドイツ、フランス、イギリスを視察。日露戦争では戦艦「朝日」の水雷長として出征。第2回旅順口閉塞作戦で「福井丸」の指揮官となったが、作戦行動中に砲弾を受けて戦死した。

ようとしたが、ふと見ると部下の杉野孫七上等兵曹《まごしちじょうとうへいそう》の姿がない。広瀬は杉野を探して沈没寸前まで船に残った。そしてあきらめてボートで戻ったところ、敵弾の直撃を受けて、その命を落としたのである。当時の報道は、「中佐（死後昇進）の体は、一片の肉塊を艇内《ていない》に残して海中に墜落したる」と、その様子を生々しくレポートした。

大事な部下を案じたために、我が身を犠牲にした壮烈な最期に、国民は胸を熱くした。その話は国定教科書や文部省唱歌にまで取り上げられ、広瀬は軍神として崇められた。戦意昂揚を企図する日本にとって、広瀬は格好の材料だったのだ。

広瀬に対する賞賛の声は、西ヨーロッパ諸国まで広がっていく。なかでもイギリスは全国民を挙げて、英雄的行為を称えた。壮烈な最期はロシアにも伝えられた。

その報に、泣き崩れたひとりのロシア人女性がいた。広瀬がロシアに駐在していた時、恋仲にあったロシア軍の海軍少将コヴァレフスキーの令嬢アリアズナだった。

一八九七（明治三十）年、広瀬は、海軍留学生として五年間にわたりロシアで過ごしていた。ロシアを仮想敵国として、軍事政経の面から研究するという任を負っていたが、日々を過ごすうち、この国の友人たちを尊敬するようになった。

『ロシヤにおける広瀬武夫』島田謹二著（朝日新聞出版）によれば、広瀬とアリアズナの出会いは、コヴァレフスキー邸で開かれた晩餐会《ばんさんかい》でのことだという。広瀬はその席で、コヴァレフスキーから「武道の達人です」と紹介された。すると、ある大男の少将が、「では、やってみてください」と言う。広瀬はその少将の右手を取ると、ドンという地響きとともに部屋の真ん中に投げ飛ばした。大男をいともたやすく扱った武芸への感嘆の声があがった。片隅で見ていたアリアズナは、その姿に恋をした。

その後も広瀬は、コヴァレフスキー邸をたびたび訪れては話に興じたり、お茶を飲んだりした。しかし幼い頃から武士道精神を叩き込まれた広瀬は、酒も飲まなければ女性に関心を持ったこともなかった。それでもやがてふたりの間には密かに恋の交流が生まれていった。

広瀬が日本に帰ることになったとき、アリアズナはその住まいを訪ねた。そして銀製の懐中時計を渡したという。そこには「A」のイニシャルが彫られていた。「これは私の頭文字だけれど、Amour（愛）の意味もあります。いつもあなたのお傍《そば》に置いてください」と告げた。広瀬は無言で彼女を抱きしめ、ふたりの頬は涙に濡れた。

広瀬は生涯独身を通した無骨な男、というイメージを持たれていた。しかし、実はロシア人女性と熱烈な恋をしたというロマンチックな一面を持っていたのである。

上《かみ》村《むら》彦《ひこ》之《の》丞《じょう》

敵艦を撃沈しながらも、溺《おぼ》れる敵兵を助けた艦隊司令長官

日露戦争では第2艦隊司令長官として出征。薩摩藩士だった上村は、鳥羽・伏見の戦い、西南戦争など実地で腕を磨き、海軍兵学寮に入寮。日清戦争では「秋津洲」艦長として黄海海戦などで活躍した。日露戦争後、大将に昇進し、のちに軍事参議官に就任。1916（大正5）年、鎌倉材木座の別邸にて死去した。享年68。

日露戦争に臨んで上村彦之丞は第二艦隊司令長官に任命され、日本海において日本のシーレーン破壊を企図するウラジオストク艦隊の警戒を命じられた。しかしウラジオストク艦隊の神出鬼没な動きと、濃霧などの自然条件によって、任務遂行は困難を極める。

ついには日本海でウラジオストク艦隊に対する警戒を行なっていた時、二〇〇〇人の将兵を乗せた輸送船「常陸丸《ひたちまる》」が玄界灘《げんかいなだ》で撃沈される事件が起こると、東京の上村邸は「常陸丸」に乗っていた将兵の遺族や、一般市民から石を投げられるなどしたという。

世論も沸騰し、上村は「露探《ろたん》（ロシアのスパイ）」となじられる始末だった。

しかし八月十四日、蔚山《ウルサン》沖にてウラジオストク艦隊の巡洋艦「リューリック」を撃沈し、さらに「ロシア」「グロムボイ」を大破せしめるに至って上村は名誉を挽回。加えて漂流する敵の将兵など六二六人の救助を行なったことから、上村の存在は外国にもまたたくまに伝わり、戦闘下におけるその人道的な行為は、称賛の的となった。

翌年五月二十七日の日本海海戦で、上村は第二戦隊の旗艦「出雲《いずも》」に座乗。連合艦隊司令長官・東郷平八郎率いる第一戦隊の後方に続いた。海戦が激しさを増すなか、時に独断専行などをして第一戦隊を巧みにフォローし、大勝利に貢献したのだった。

なかでも、バルチック艦隊の旗艦「スワロフ」の司令塔に直撃弾を与えたのは有名だ。これによって「スワロフ」は操舵《そうだ》不能となり、大きく回頭を始めた。これを見た第一戦隊は、「スワロフ」につられて回頭を始めてしまう。「スワロフ」の後続艦はそのままの進路を保ったから、今にも取り逃がしてしまう状況が生まれた。

その時、すでに舵の故障を見抜いていた上村がとっさに取った行動は、第一戦隊の動きを無視して、自ら先頭に立つことであった。結果、敵艦隊の進路を押さえ、最悪の事態は免れたのである。

築地の海軍兵学寮《へいがくりょう》で学んでいた若き頃、上村は乱暴者として知られていた。八歳年下の瓜生《うりゅう》外吉《そときち》は端麗な容姿を持ち、アメリカ留学時代にクリスチャンになった人物だったため目に付いたのか、よく格闘を挑んでいたという。

それでも戦場での上村は、決して浅薄な猪突猛進型《ちょとつもうしん》の将というわけではなかった。ウラジオストク艦隊の出没に混乱した軍令部《ぐんれいぶ》と連合艦隊の両方から異なった指示が出た時、上村は軍令部に冷静になるよう申し出ている。また、苦しい追跡活動が続くなかで、上村はよく釣りをしていたともいわれる。一方で乗組員には相撲や登山をさせて気分転換を図り、苛立《いらだ》ちを鎮《しず》めさせた。多忙かつ、殺伐とした軍務のなかでも、部下にしっかりと気を配り、その心を押さえていたのである。

上村は晩年、どんな迫害や弾圧にも決して屈せず、孤高に生きた鎌倉時代の僧・日《にち》蓮《れん》に深く感化され、その人生を自分の理想の生き方とした。退役すると鎌倉へ移り住み、日蓮宗に帰依《きえ》。奉仕活動をしながら、余生を静かに過ごしたのである。

立《たつ》見《み》尚《なお》文《ぶみ》

あの山縣有朋も頭が上がらなかった戦闘の天才

日露戦争では第8師団長として出征した。幕末の動乱のなかでは桑名藩士として幕府方に加わり、鳥羽・伏見の戦いに参戦。北越戦争では雷神隊隊長としてゲリラ戦を展開した。維新後は軍人になれず、司法官となったが、西南戦争で将校が不足すると、義兵を集めて参戦。陸軍少佐に就任する。少将に昇進してのち、日清戦争では平壌攻略などで武名を上げる。戦後は大将に昇進したが、ほどなく死去した。

桑名《くわな》藩士だった立見尚文は幕末、幕府側について戦った。敗勢の幕府方にあって「桑名に立見あり」と官軍側から大いに恐れられたのは、彼が指揮能力に大変すぐれ、出陣すれば負けることがほとんどなかったからである。

なかでも有名なのは、戊辰戦争の長岡城争奪戦であろう。戦いの合間、官軍側の山《やま》縣《がた》有朋《ありとも》は、ひょうたんに入った酒を山上で飲んでいた。そこを立見率いる一隊が急襲したのである。慌てふためいた山縣は、武士の魂《たましい》ともいえる刀を置き去りにし、ひょうたんだけを持って逃げ出した。のちに「国軍の父」と崇められた山縣だったが、その姿を見られた立見にだけは生涯頭があがらなかったといわれる。立見には、「それでも、ひょうたんだけは手元に残ったらしいな。政治家としては伊藤（博文）と対抗できても、軍人としては半分の価値もない」とからかわれたという。

維新後の立見は裁判所の書記官に就任したが、一八七七（明治十）年、西郷隆盛が西南戦争を起こすと、官軍側として参加。陸軍少佐として功績をあげた立見は、軍人としての評価を高め、日清戦争を経て野戦指揮官として重要な存在となっていく。

一八九八（明治三十一）年、中将に昇進すると、弘前に置かれた第八師団長に就任した。日清戦争で日本軍が苦戦したのは寒さが理由だった。やがて訪れる日露戦争では満洲が戦場になるだろう。そのために行なわれた雪中行軍の訓練では、青森の第五連隊が猛烈な吹雪に遭って道を見失い、一九九名もの兵士が凍死する惨事《さんじ》となった。しかし同じ訓練を行なっていた弘前歩兵第三一連隊は、見事にその訓練を成功させている。

立見の野戦指揮官としての能力は日露戦争でも遺憾《いかん》なく発揮された。立見は自ら育て上げた第八師団を率いて出征。その最大の見せ場が一九〇五（明治三十八）年一月二十五日に始まる、黒溝台会戦《こっこうだい》（100ページ）である。日本軍の左翼で行なわれたこの戦いで、立見は、コサック騎兵集団の猛攻を受ける秋山好古《よしふる》率いる騎兵旅団の救援へ向かう。その際、立見は「我々は遅れて戦場にきた。ほかの師団が五、六回で受けた被害を一度で受ける覚悟をせよ」と叫んだという。

だが、総司令部がロシア軍を少なく見積もったことから、第八師団は苦境に陥ってしまう。立見のもとには、第二師団、第三師団、五師団が増援部隊として派遣されたが、これを聞いた立見は「これ以上の恥辱があるかぁ！」と地団太《じだんだ》を踏んだという。

ともあれ、増援部隊を傘下《さんか》に入れて、臨時立見軍が編制された。立見は一度は黒溝台の陣地をロシア軍に渡すものの、総力をあげての夜襲を敢行してこれを奪還。この死闘は日本軍の勝利に終わったものの第八師団の戦死者は一二〇〇名にのぼった。しかし、立見が率いていなければ危機的状況のなか、より多くの被害が出たに違いない。

戦後、立見は大将に昇進した。維新戦争で幕府側についた人間としては、異例の出世といえた。当時、主流を占めていた旧薩長の門閥《もんばつ》ではなかった彼は、まさに実力でその地位を掴《つか》んだのである。

明石《あかし》元《もと》二《じ》郎《ろう》

「戦場での一万人にも匹敵する活躍」と評された名スパイ

日露戦争当時、ロシア公使館付・参謀本部付の欧州駐在として、諜報活動と帝政ロシアの後方攪乱に従事した。日露戦争後は韓国駐箚憲兵隊司令官、第6師団長などを歴任。1912（大正元）年、中将に昇進し、1918（大正7）年、台湾総督となるが、翌年56歳で死去した。

「その活躍は、戦場での一個師団一万人にも匹敵する」

日露戦争の終結後、そう評価された人がいた。当時ロシア公使館付の駐在武官であった明石元二郎である。彼は、戦争の表舞台にこそ登場しないが、当時、ヨーロッパ内で盛んに諜報《ちょうほう》活動を行なった。その働きは、「明石がいなければ日本は負けていた」といわれたほどだった。

一九〇二（明治三十五）年、ロシア公使館付でペテルブルグに赴任していた明石は、堪能なドイツ語、フランス語、英語を駆使して収集した情報を日本に送っていた。日露戦争が始まると、ロシアの圧力を受けていたスウェーデンに移る。そしてストックホルムを拠点に、ヨーロッパ各地の反帝政ロシア勢力に接触し、資金援助を行ないながら、バラバラだった諸勢力の結集に努めた。

その行動範囲はヨーロッパ全土にわたり、当時ジュネーブに潜伏していた、まだ若き活動家レーニンとも面会し、資金的援助をしたといわれる。代わりにレーニンからは、いかに民衆に接するかを教わったともいわれるが、諸説あって定かではない。さらに一九〇四（明治三十七）年、反帝政ロシア活動家が集《つど》ったパリ会議を開催。その会議で発せられた指令はロシア国内に伝えられ、反政府デモやテロ活動などを起こさせる源になった。

日露戦争の奉天《ほうてん》会戦では、明石が仕掛けた極東派遣軍の足止め工作がなければ、日本は負けた可能性が高いともいわれた。

活動家たちから全幅の信頼を受けた明石だが、清潔な服装や整理整頓には無頓着な人物だったという。歯もめったに磨かず、風貌《ふうぼう》は粗野《そや》そのもの。そんな明石が活動の工作費として政府に要求したのは百万円。現在の四〇～五〇億円に相当するともいわれる莫大な金額だった。

それを聞いた参謀本部は仰天したが、結局はその活動が有意義だと認めざるをえず、全額を用意した。しかも、最終的には明石のもとに、そのうち二七万円が残り、明石はこれをきっちり返却したという。

しかも明石の頭脳は驚くほど明晰《めいせき》で、なかでも数学と戦術に関しては天才といわれた。陸軍大学校ではドイツから招聘《しょうへい》したクレメンス・メッケルに師事したが、明石が愛読していた『孫子《そんし》』について否定的な見方をされると、明石はその講義に異を唱えた。

メッケルは露骨に嫌な顔をしたが、明石はかまわずに『孫子』の哲学を徹底的に説き、ついにメッケルを納得させたという。

戦後、一九一八（大正七）年には、台湾の第七代総督に就任した。在任期間は一年四ヶ月と短かったが、発電事業や学校の設立、交通機関の整備を進めた。

「もし自分になにかあったら、台湾に葬るように」という本人の遺志により、一九一九（大正八）年十月二十六日に亡くなったのち、台湾に埋葬された。

白《しら》川《かわ》義《よし》則《のり》

秋山兄弟の最期を看取った、陸軍大臣

日露戦争において、遼陽はロシア軍の一大拠点であり、当初日本軍はこの地を決戦場と考えていた。とりわけ遼陽会戦（92ページ）最大の激戦地となったのが首山堡《しゅざんぽ》である。歩兵大隊長の白川義則はこの戦いで奮闘し、その名を轟《とどろ》かせた。

白川は、一八六八（明治元）年生まれの伊予《いよ》出身者で、実は秋山真之と同郷・同年である。中学で同級だったふたりはともに小柄で、とても仲がよかった。生家が下級

1884（明治17）年、規定の身長に足りなかったが試験官に助けられ、陸軍教導団に入る。陸軍士官学校を優秀な成績で卒業。陸軍大学校に入学するものの、日清戦争のために中退。日露戦争の直前、陸軍少佐となり、歩兵第21連隊大隊長として出征した。戦後、関東軍司令官、陸軍大臣など要職を歴任するが、1932（昭和7）年、テロに遭いその傷がもとで死去した。

武士層だったことも共通していた。白川の父は維新後、市内でも有数の商家になったが、やがて家業は傾く。そのため白川は松山中学を中途退学し、小学校の代用教員や県庁の給仕などをして家計を助けた。家族に仕送りをしながらも自らは陸軍士官学校、難関の陸軍大学校へと進んだ。その陸大在学中は、四谷信濃町にいた好古の家に同居していた。好古は同郷の大先輩として、真之はおさななじみとして、そのつきあいは終生続いた。白川はふたりの最期をも看取っている。真之は死の間際に白川を枕元に呼び、「後のことを頼む」と語った。死に水を取った白川は、一般にいわれている正岡子規以上に、実は真之と親しかったのである。

その後、白川は田中義一《ぎいち》内閣で陸軍大臣に任命された。一九三二（昭和七）年、上《シャン》海《ハイ》事変が勃発すると、解決のために陸軍が出動することになった。当時、白川はすでに退役していたが、「平和裏に解決できるのは白川しかいない」という昭和天皇直々の希望により、派遣軍の司令官に選ばれたのだ。その期待に応え、白川は戦火をさらに拡大しようとする陸軍首脳を抑えて停戦を結び、事態を収拾した。しかし天長節《てんちょうせつ》の式典中に爆弾テロに遭い負傷。全身に一〇八ヶ所もの傷を負い、まもなく亡くなった。その死には、昭和天皇も深い哀悼《あいとう》の意を表わしたと伝えられている。

梅沢道治《うめざわみちはる》

お荷物部隊がロシア軍を撃退!?「花の梅沢旅団」団長

陸奥仙台藩士の家に生まれ、幕府方に立って戊辰戦争に参加。箱館で捕らえられ流罪となるも、のちに許され軍人の道へ進む。日清戦争の武勲により中佐、さらに大佐に昇進。日露戦争では近衛後備混成旅団などを率いた。戦後は1911（明治44）年に中将に昇進し、第6師団長に就任する。1924（大正13）年に死去した。

仙台藩出身の梅沢道治は、戊辰戦争では脱藩して幕府側に加わり、箱館・五稜郭《ごりょうかく》の戦いで官軍の捕虜となった。釈放されたあとは、軍学校で教育を受けている。

やがて日露戦争が勃発すると、一九〇四（明治三十七）年には少将へ昇進、そして任されたのが近衛後備混成《このえこうびこんせい》旅団長だった。当時、後備役兵は実戦で役立たない弱小兵団と考えられていた。「後備」とはもともと前線部隊の支援、すでに占領した土地の警備をする部隊のことである。

しかも現役を終えた兵士を応召によって集めたために現役兵と比べると年齢層が高く、装備している武器も旧式だった。つまり兵力が足りなかったために、やむなく遼《りょう》東《とう》半島の前線へと送られたのが、梅沢旅団だったのである。そのうえ梅沢自身もリウマチを患い、一度横になると自分の力では起き上がれなかった。指揮官・兵ともに活躍が期待されていたわけではなかったのだ。

ところがこの梅沢旅団は、黒木為楨大将の第一軍隷下に加わり、遼陽会戦では最右翼から太子河を渡ってロシア軍撤退の原因をつくるという活躍を見せる。そのまま日本軍の最右翼に位置する形で沙《さ》河《か》会戦を迎えた。

ロシア軍総司令官アレクセイ・クロパトキンは、まずこの梅沢旅団に攻撃を仕掛けた。しかし意外なことに、梅沢旅団はロシア軍を撃退。翌日、大編隊を組んで再び押し寄せたロシア軍の猛攻にも耐え、敵を十分にひきつけることに成功した。その結果、右翼よりロシア軍を巻き上げる形で包囲するという日本軍の作戦遂行に大きく寄与し、沙河会戦勝利の立役者となったのだ。見事な戦いぶりに、人々は彼らを「花の梅沢旅団」と呼び、大いにその戦功を讃《たた》えたのである。

島《しま》村《むら》速《はや》雄《お》

称賛と恩賞を固辞し続けた、情に厚い海軍の名将

土佐藩出身の海軍軍人。日露戦争では連合艦隊第1艦隊参謀長、ついで第2戦隊司令官を務めた。家計が厳しかったため学費の必要ない海軍兵学寮へ進学、勉学に励んだ。日清戦争では作戦参謀を務めたのち、イタリア駐在武官などを歴任。日露戦争後の1920（大正9）年、軍事参議官。1923（大正12）年、1月8日死去。同日元帥府に列せられた。享年66。

島村速雄は、日露戦争における日本海海戦勝利の立役者である。ロシアのバルチック艦隊の進路を見事に予想した人物であり、これにより対馬海峡での撃砕に成功した。その活躍により、戦争が終わると中将に昇進。それからは海軍大学校長、海軍軍令部長などを歴任し、さらに大将、男爵、軍事参議官と、海軍軍人としてめざましい出世を遂げたのだ。しかし後世の日本人は、「島村速雄」の名をやがて忘れていった。その理由は、島村自身が武功を部下に譲り、「上に東郷大将があり、下には優秀な参謀がいたからで、私がとりわけ功をあげたわけではない」と、まるで自分の功績を消すような振る舞いをしたからだった。

日本海海戦での大勝利について、読売新聞が島村を激賞すると、彼は真剣に抗議した。さらに戦争終結の数年後、大変な人気を誇っていた雑誌『太陽』が、「次の連合艦隊司令長官にふさわしいのは誰か」という人気投票を行なった時、トップに選ばれたのが島村だった。島村のもとへ雑誌側の人間が名誉表彰の花瓶《かびん》を手にやってくると、「私はそんな表彰を受けるには価しない」と固辞した。

とにかく島村は人格者であった。日露戦争で航海をしている最中、乗組員が発熱した時は近い港に艦隊を急行させ、氷を買い求めている。戦闘中、駆逐艦「暁《あかつき》」に負傷兵が続出した際は、収容を途中でやめて射撃を開始した秋山真之に対し、「瀕死《ひんし》の重傷者を捨てるとはどういうことか」と迫った。部下の慶弔には必ず行ったので官費では足りず、私費を使ったという逸話も伝えられている。一九二〇（大正九）年に設立された同郷人の面倒を見る土佐協会の副総裁に就任、基金集めに苦労すると老後の蓄えのほとんどを費やしてしまった。それほど、情に厚い男だったのである。

佐藤鉄太郎《さとうてつたろう》

ロシア艦隊を取り逃す危機を救った名参謀

佐藤鉄太郎は、日露戦争において第二艦隊参謀として上村彦之丞を支え、ウラジオストク艦隊の撃滅に貢献した。日本海海戦では、ロシア戦艦「スワロフ」が北へ回頭したのを見て、舵の故障を瞬時に見抜き、危機を救った。

戦史の大家としても知られ、著書『帝国国防史論』を残している。満洲事変の後、日本の大陸侵略は失敗し、悲劇的な結末を迎えると予言していた。

瓜生外吉《うりゅうそときち》

日本軍緒戦大勝利の立役者には「前科」があった!?

瓜生外吉は、仁川《じんせん》に停泊する二隻のロシア艦を開戦とともに撃破し、日露海戦の緒戦を勝利に導いた。妻は女性として初の米留学生・永井繁子。恋愛結婚だった。しかし瓜生は過去、三ヶ月の禁錮《きんこ》刑に服したことがあった。「扶桑《ふそう》」艦長時代、海軍大演習の時に「松島」「厳島」と衝突し、座礁。その責を問われたのである。だがこの事件が瓜生の経歴を傷つけることはなく、武勲《ぶくん》により男爵になった。

福《ふく》島《しま》安《やす》正《まさ》

短期シベリア横断の大冒険を成功させ、情報収集に活躍！

福島安正は堪能な語学力を生かし、世界各国の情報収集を行なった。その最も有名な活動がシベリア単騎横断だ。ロシアがシベリア鉄道の建設を始めると、福島は、ロシアの南下に備えて、視察のため単騎でシベリアを横断。一八九一（明治二十四）年～一八九二（明治二十五）年、約一万四〇〇〇キロを約一年四ヶ月かけて馬で渡った。日露戦争では満洲軍の情報将校として活躍した。

川《かわ》村《むら》景《かげ》明《あき》

奉天会戦を有利に導いた鴨緑江軍の司令官

一九〇五（明治三十八）年一月、黒溝台会戦に辛くも勝利を収めた日本軍では新たに鴨緑江軍を編制した。その司令官が川村景明だった。しかし満洲軍の大山総司令官、児玉総参謀長は鴨緑江軍の編制に大反対だった。鴨緑江軍は満洲軍ではなく韓国駐箚《かんこくちゅうさつ》軍の直属で、以後の作戦指導に支障が出る恐れがあったからだ。そこで川村は満洲軍の指示に従って動くことを明言し、見事和解してみせた。

橘周太《たちばなしゅうた》

軍神として崇められた理想の前線指揮者

遼陽会戦の際、首山堡の攻撃を担当した第二軍の歩兵第三四連隊第一大隊長が橘周太だった。激戦となったこの戦いで右腕、腹部、胸部、大腿部を銃で撃たれた橘だが、それでも後退しなかった。さらに腰に砲弾を受けても部下を気遣い、ついに戦死する。かつて東宮《とうぐう》武官だった橘は、「皇太子殿下の誕生日に戦死するのは本懐《ほんかい》」と言い残したという。その壮絶な戦死から軍神として崇められた。

一戸兵衛《いちのへひょうえ》

垢ぬけない風貌《ふうぼう》に、ダブダブの着古した背広を着ていた英雄

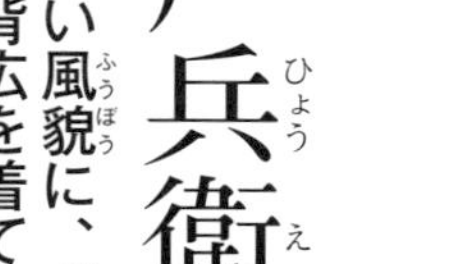

旅順要塞攻略戦で、一戸兵衛は第六旅団を率いた。盤龍山《ばんりゅうざん》のP堡塁を奪取。しかし、ロシア軍が激烈な反撃を加え始めると、一戸旅団長は、軍刀を抜いて自ら敵中に突っ込んだ。それを讃えた明治天皇の命により、以後ここは「一戸堡塁」と呼ばれた。戦後は学習院院長、明治神宮宮司を務める。だが服装には無頓着で着古した背広は常にダブダブ、その風貌はまるで垢ぬけなかったといわれる。

津《つ》野《の》田《だ》是《これ》重《しげ》

失敗談にも事欠かないが、優秀な交渉役として活躍

津野田是重は、第三軍参謀として出征。日本が旅順要塞を陥落させると、ロシアの旅順要塞司令官ステッセルは降伏へと傾いた。乃木大将とステッセルの水師営の会見で、フランス留学経験のある津野田が通訳や交渉をした。奉天会戦では、機関銃で潰乱《かいらん》状態の味方を救った。だが一方で、乃木に対し、「作戦には口を出さないで下さい！」と怒鳴り伊地知《いじち》に叱責されるなど、失敗談にも事欠かない。

長《なが》岡《おか》外《がい》史《し》

航空事業に尽力し、世界一のプロペラ髭《ひげ》が自慢の将軍

参謀本部次長として留守を預かった長岡外史は、日露戦争前、部下の二宮忠《ちゅう》八《はち》から出された飛行機研究の要望を却下した。しかし一九〇三年、ライト兄弟が有人飛行に成功すると、その反省から日露戦争後、軍用気球の研究会長となり、航空事業の発展に尽くす。さらにオーストリア将校レルヒ少佐に教わったスキーを民間に根づかせたり、長大な八字髭を生やしたりと、ハイカラな人物だった。

伊《い》地《じ》知《ち》幸《こう》介《すけ》

一概に頑迷な愚将とは決めつけられない？

旅順攻略戦において、乃木希典の下で第三軍参謀長を務めたのが伊地知幸介だ。旅順攻撃で多くの損害を出したことで、戦後、愚将のようにいわれたが、そもそも大本営自体が旅順要塞の防御力を見誤っていた。伊地知にしても、要塞攻撃前に世界戦史上初となる準備砲撃を二日間にわたって行なうなどの戦術を駆使しており、一概に頑迷《がんめい》な愚将と決めつめることはできない。

加《か》藤《とう》友《とも》三《さぶ》郎《ろう》

漫画を好み、ワシントン軍縮会議を成功させた辣腕《らつわん》家

第一艦隊参謀長を務めた加藤友三郎は、戦後外交や政治の舞台で活躍する。ワシントン海軍軍縮会議では全権大使として、軍縮条約に調印。さらに内閣総理大臣になるが、国民には人気がなかった。痩身で細長い顔を持つため、「残燭《ざんしょく》内閣」と人々は呼んだ。意外なことに、加藤は漫画を好み、新聞や雑誌に載った漫画は必ず切り取り、楽しそうに批評していたという。

安《あ》保《ぼ》清《きよ》種《かず》

抜群の砲弾命中率を支えた「三笠」の砲術長は、古典的アイデアマン

日本海海戦で「三笠」の砲術長を務めた。安保はユーモアがあり、バルチック艦隊の艦名を射撃要員に覚えさせるため、変な日本名をつくった。それは「アレクサンドルⅢ世」が〝呆《あき》れ三太《さんた》〟、「ボロジノ」が〝ボロ出ろ〟といった具合だった。のちに「これが実戦の場で有効だったのは、快心の至りであります」と得意げに回想していた。一九三〇（昭和五）年には海相となっている。

鈴《すず》木《き》貫《かん》太《た》郎《ろう》

その勇猛ぶりについたあだ名は「鬼の貫太郎」

その勇猛ぶりに、ついたあだ名が「鬼の貫太郎」。日本海海戦では第四駆逐隊の司令として、ロシアの戦艦「スワロフ」などを撃沈。天皇からの信任が厚く、一九二九（昭和四）年から侍従長《じじゅうちょう》として仕えた。二・二六事件の際、反乱将校の襲撃を受けて重傷を負う。太平洋戦争末期、天皇の要請で首相に就任し、天皇より終戦の「聖断《せいだん》」を仰いで日本を終戦へ導いた。

『坂の上の雲』クイズ

第1問

明治草創期の政治家で、内務卿《ないむきょう》として活躍した大久保利通が語った、若い頃の東郷平八郎の欠点とはどれか?

①けんか早い

②とても暗い

③おしゃべり

第2問

乃木希典が嫌ったスポーツとは?

①相撲

②剣道

③野球

第3問

児玉源太郎のもとで情報将校として活躍した福島安正の晩年の悩みとは何?

①長男が不出来だった

②妻が不倫に走った

③孫が海軍に入った

答え

第1問：③（寡黙な提督という印象の東郷だが、若い頃の彼は、同郷の大久保におしゃべりと思われていた）

第2問：①（桜井忠温の『将軍乃木』によれば、隙ばかり狙っているという理由で相撲を嫌ったという）

第3問：①（福島は長男を溺愛しすぎたため、素行不良になってしまったようで、手記で親不孝を嘆いている）

第5章

明治という時代を動かした政治家たち

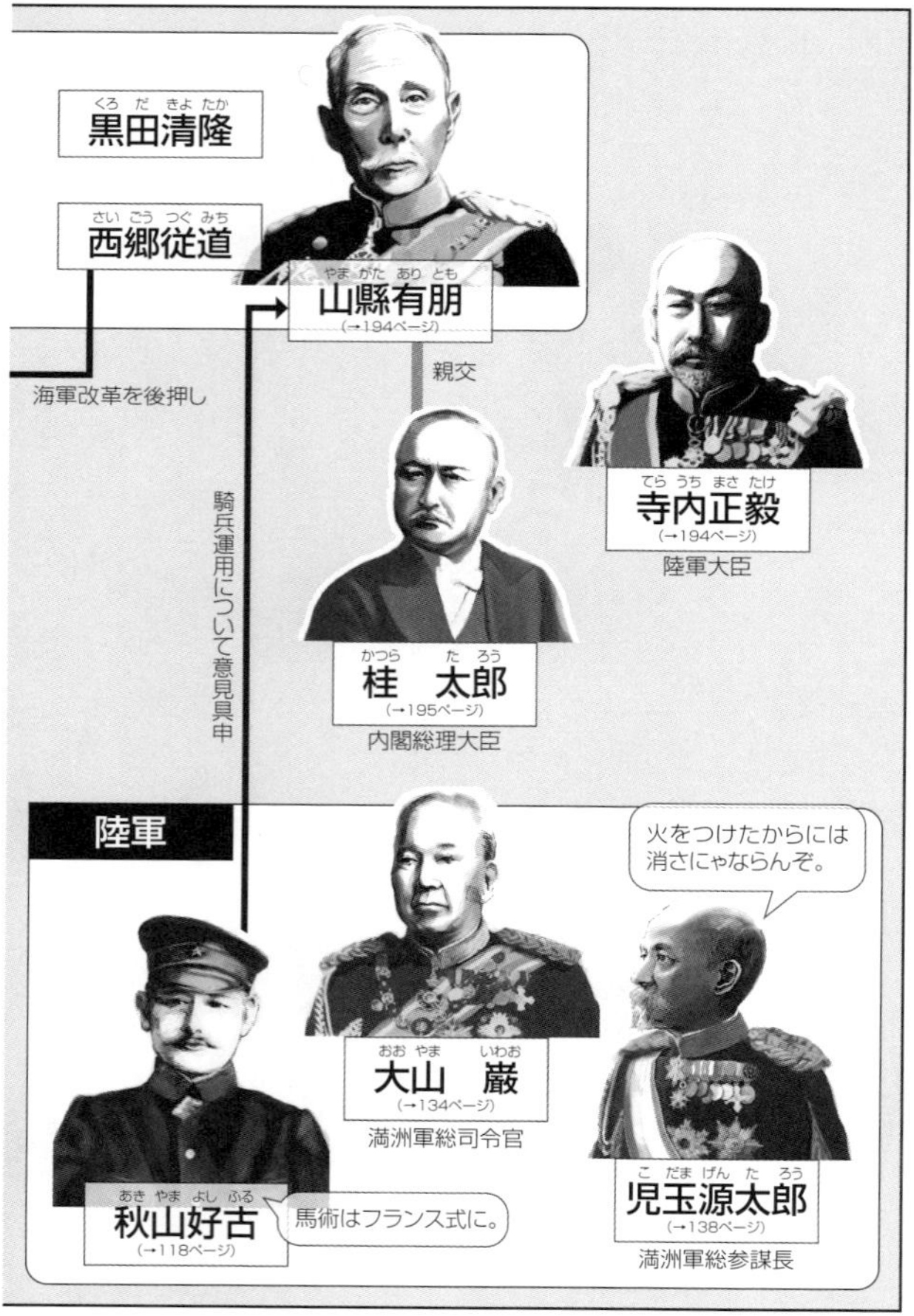
黒田《くろだ》清隆《きよたか》
西郷《さいごう》従道《つぐみち》
山縣《やまがた》有朋《ありとも》
(→194ページ)
親交
海軍改革を後押し
騎兵運用について意見具申
寺内《てらうち》正毅《まさたけ》
(→194ページ)
陸軍大臣
桂《かつら》　太郎《たろう》
(→195ページ)
内閣総理大臣
陸軍
火をつけたからには消さにゃならんぞ。
大山《おおやま》　巌《いわお》
(→134ページ)
満洲軍総司令官
秋山《あきやま》好古《よしふる》
(→118ページ)
馬術はフランス式に。
児玉《こだま》源太郎《げんたろう》
(→138ページ)
満洲軍総参謀長

● 明治の政界相関図

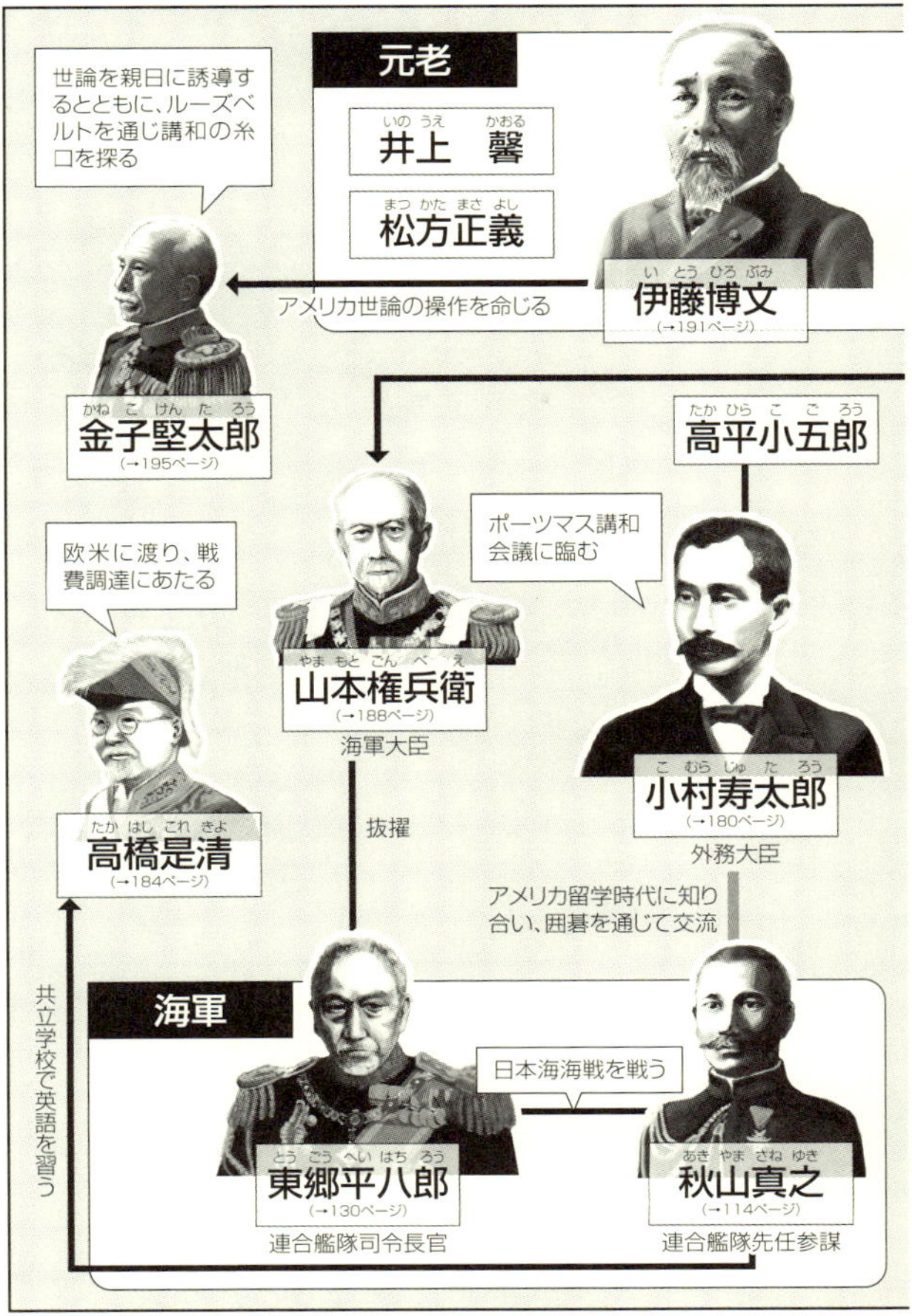
元老
井上《いのうえ》 馨《かおる》
松方《まつかた》正義《まさよし》
伊藤博文《いとうひろぶみ》
(→191ページ)
アメリカ世論の操作を命じる
世論を親日に誘導するとともに、ルーズベルトを通じ講和の糸口を探る
金子堅太郎《かねこけんたろう》
(→195ページ)
高平小五郎《たかひらこごろう》
ポーツマス講和会議に臨む
欧米に渡り、戦費調達にあたる
山本権兵衛《やまもとごんべえ》
(→188ページ)
海軍大臣
抜擢
小村寿太郎《こむらじゅたろう》
(→180ページ)
外務大臣
高橋是清《たかはしこれきよ》
(→184ページ)
アメリカ留学時代に知り合い、囲碁を通じて交流
共立学校で英語を習う
海軍
日本海海戦を戦う
東郷平八郎《とうごうへいはちろう》
(→130ページ)
連合艦隊司令長官
秋山真之《あきやまさねゆき》
(→114ページ)
連合艦隊先任参謀

小《こ》村《むら》寿《じゅ》太《た》郎《ろう》

ポーツマス条約を調印成立させた、ねずみ公使の壮絶人生

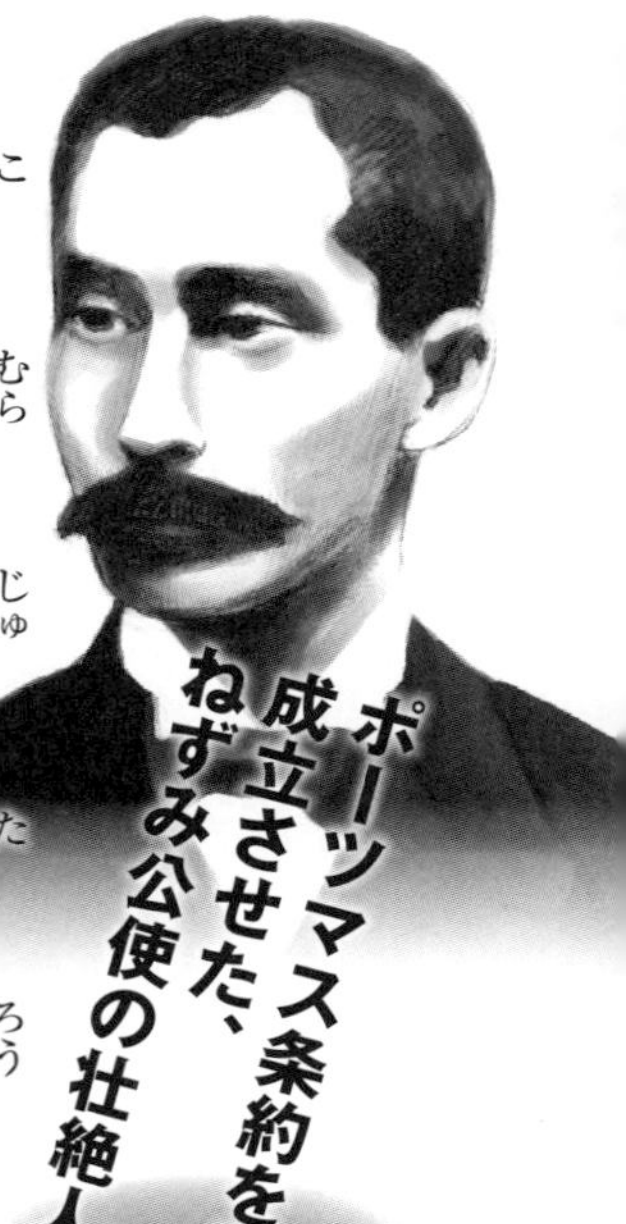

飫肥《おび》藩出身の外交官。日露戦争時には外相を務め、ポーツマス条約を締結した。家は貧しかったが群を抜く学業成績で、文部省が派遣する留学生として米国へ。26歳で帰国後、日清戦争のあとは駐米・駐露公使などを歴任。義和団事件では、講和会議全権として事後処理にあたった。日露戦争後の1911（明治44）年、第2次桂内閣の総辞職とともに外相を辞任、その3ヶ月後に結核で死去。

「首が回らない」「思うようにいかない」青年期

日露戦争を終結させために開かれたポーツマス講和会議。日露最後の戦いともいえるこの会議において、日本の全権を任されたのが小村寿太郎である。

だが、小村のここに至るまでの人生は、決して順風満帆《じゅんぷうまんぱん》ではなかった。

一八七五（明治八）年、小村は第一回文部省留学生として渡米し、ハーバード大学で法律を修めた。しかし帰国後は、父が事業の失敗でつくった債務に悩まされた。加えて小村も酒豪で女遊びに興じるタイプであり、債権者の追及に嫌気がさして高利貸から金を借りたため、利息は一気に膨《ふく》れ上がった。

また小村は旧幕臣朝比奈孝一の長女で一七歳の町子《まちこ》と結婚し、男の子をもうけていたが、この妻が悪かった。彼が町子と結婚したのは、その美貌《びぼう》ゆえだったが、町子は家の仕送りで女中を雇うなどして家事を一切せず、感情の起伏が激しく、怒ってものを投げたりした。小村は妻をもてあますようになり、やがて妻も家を去った。

借金に加え、妻にも去られた小村の生活は困窮した。家財は売り払われ、座布団も二枚を残すのみ。客がふたり来れば、彼は畳の上に座った。傘もなく、雨の日は濡《ぬ》れながら歩いた。借金返済の期日になると友人の家を泊まり歩く生活を送ったが、それでも遊里《ゆうり》に行くことはやめなかったようだ。

そのうえ仕事もうまくいかなかった。ともに渡米した仲間はすでに要職についていたが、当時翻訳局に勤務する小村は下積みの仕事ばかり。その苛立《いらだ》ちから酒を飲み、女を買う生活が続いた。それを見かねたのが以前、同じ大学南校の友人だった。無利息で金を借りてやり、一五〇円だった小村の月俸のうち一〇〇円を一万六〇〇〇円という多額の借金の返済にあてることにした。そうして高利貸しからの借金が消えた頃、今度は職を失った。翻訳局が廃止されて、退官の憂《う》き目にあったのである。

「人生のどん底」を経験した者の強さ

それを救ってくれたのが外相陸奥宗光《むつむねみつ》だった。陸奥は小村を気の毒に思ったが、小村は過去に業績もなかったために、北京公使館の代理公使として赴任させた。小柄なその存在は、欧米人から注目されるひとつの要因となった。あらゆる場所に出席し、こまごまと動き回る小村を、彼らは「ねずみ公使」と呼んだ。

それから半年後、日清両国の関係は悪化し、武力衝突《しょうとつ》は避けられないと思われた。小村は何度も清国政府と折衝《せっしょう》を重ね、その結果を陸奥に報告した。陸奥は、その緻密《ちみつ》な情勢報告と適確な予測から勝利を確信し、清国との戦争に踏み切ることになる。

これにより、小村は注目される存在になった。なかでも第一軍司令官を務めた山縣有朋は、小村の情報量に感嘆し、司令部に呼んでその話に耳を傾けたという。

それからの小村は、外務省の要職を歴任していく。一八九八（明治三十一）年に駐米特命全権公使、一九〇〇（明治三十三）年には駐露特命全権公使に任命される。そして翌年、本国に呼び戻され、桂太郎内閣の外相に登用されたのである。

やがて日露戦争が幕を開けると、戦局は日本に有利に展開し、ついに講和の道が開かれた。小村はこのおり、全権大使に任命された。日露講和会議の場所に選ばれたのはアメリカのポーツマス市だった。日本は交渉で樺太全島の割譲《かつじょう》と賠償金を要求した。しかし、老獪《ろうかい》なロシア全権ウィッテは、新聞を巧妙に使い、「日本は賠償金欲しさに戦争を続けようとしている」などと語り、世論を味方につけてしまう。講和条約締結は危機に瀕《ひん》した。すでに日本の兵力・国力ともに限界に達し、ロシア艦隊は壊滅したとはいえ、満洲のロシア軍は日々増え続けており、このままでは日本軍を圧倒してしまう。これ以上戦いを続けるのは不可能だった。小村のもとに政府から「樺太全島の割譲を断念し、南半分で満足することに決した」との知らせがきた。

しかし、連戦連勝のニュースばかりを聞いていた国民はその日、賠償金のない講和に対する大規模な反対集会を日比谷公園で開いた。それは一大暴動へと発展した。

それでも小村は強硬姿勢のロシアと堂々と渡り合い、無事にポーツマス条約調印を成立させたのである。人生のどん底を経験した者のみが成しえる交渉だった。

高《たか》橋《はし》是《これ》清《きよ》

奴隷に売られたり、詐欺《さぎ》に遭ったり……。その波乱万丈の半生が糧《かて》となった！

日露戦争時、日銀副総裁として外債募集による戦費調達を担当した近代の財政家。幕府御用絵師の庶子として生まれ、仙台藩の足軽の養子となった。日露戦争後は経済のスペシャリストとして、日本が経済危機に直面するたびに要職につき、その都度財政を立て直したが、1934（昭和9）年、軍事費削減で不況を切り抜けようとしたところ、2年後の二・二六事件で暗殺された。

莫大な戦費を調達した影の立役者

日露戦争では膨大な戦費をどのように調達するかが大きな課題となった。これに多大な功績をあげたのが高橋是清である。日露戦争というと実際に戦った将兵ばかりに焦点が当てられるが、日本の外債を売った高橋の功績なくしては、日本の勝利はなかったであろう。彼は外国の政財界の有力者と積極的に接触し、日本文化や武士道などを紹介しながら、日本への投資がいかに有益かを説いた。

その際、公債の大きな買い手となったのが、アメリカのユダヤ人資本家シフだった。高橋はあるパーティーでパース銀行重役シャンドという旧知の英国人に再会。そこに同席していたのがシフだった。彼はロシアで迫害されている同胞を助けるために五〇〇〇万円の日本公債を引き受けてくれたのである。その後、公債はニューヨークでも売り出されたが、高橋の奔走《ほんそう》に加え、日本軍が緒戦《しょせん》で勝利を重ねたこともあって好調な売れ行きを示したのだった。

卓越した財政手腕は、苦渋をなめ続けた前半生から生まれた！

彼の温厚でふくよかな顔を見ると、「ダルマ宰相」と人々から呼ばれた理由がよくわかる。高橋は身長一八〇センチ、体重九〇キロ、欧米人と並んでも決してひけをとらない堂々たる体躯《たいく》の持ち主だった。そんな容姿とは裏腹に彼の前半生は波乱万丈《はらんばんじょう》そのものだった。高橋は四〇歳頃までに、実に二八もの職業をわたり歩いている。

一八六七（慶応三）年、一四歳の時に仙台藩の命を受けてアメリカへ留学。以前、日本に滞在していた貿易商ユージン・ヴァン・リードに金を預け、渡航の面倒を見てもらったのだが、粗末な食事を供され、部屋の掃除や買出しなどを強要された。

「こんなことをするためにアメリカに来たのではない。これ以上は働かない」

ある日、高橋はそう憤《いきどお》った。すると、オークランドにある大金持ちの家に移らないかと提案される。そこでもやはり労働を求められるのだが、とんでもない事実が判明する。高橋は、なんと奴隷《どれい》として売られていたのである。サンフランシスコの名誉領事にその事実を訴えて奴隷の身分から解放されると、まもなく日本に帰国。英語翻訳、教師などの職を転々とする。その際、秋山真之《さねゆき》や正岡子規を教えている。

その後、アメリカで知遇を得た森有礼《ありのり》の推薦により文部省に入省。さらに農商務省に移って、特許制度を整えたりと官僚としての日々は順調なものと思われた。

しかし、波乱はまだ収束していなかった。南米ペルーで銀山経営をしようとの計画が持ちあがったのは一八八八（明治二十一）年のことである。高橋を始めとする仲間たちは、田島晴雄理学士をペルーに派遣して実地調査を行なったところ、良質の銀を産出する鉱山があるとの報告を得た。高橋らはすぐに鉱山会社を設立、株主を募《つの》る。

しかし開鉱式からまもなく、買い取った銀山は、なんと数百年にわたり掘り尽くされた廃坑と判明。田島は、詳細な調査をしていなかったのである。万事休す、そう高橋は観念した。彼も大金を新会社の株に投資していたのだ。

夢破れ、日本に帰ってもなお苦難は続いた。多額の借金を抱えた高橋は、大塚窪町の家屋敷を売り払わなければならなかった。敷地一五二七坪、西洋館や日本建築まである広大な屋敷だったが、運悪く当時は不況で、四五〇〇円にしかならなかった。それに手持ちの一万円を加えてなんとか借金を返済。まさに裸一貫での再スタートを余儀なくされたのである。

しかしこうした経験は無駄にはならなかった。ほどなく日本銀行に入行した高橋は副総裁になり、日露戦争での活躍に至る。その後、山本権兵衛《ごんべえ》内閣で大蔵大臣に任命された高橋は、一九二一（大正十）年に内閣総理大臣の原敬《はらたかし》が暗殺されると、周囲に請《こ》われてその跡を継いだ。それから一度は政界を引退するものの歴代の総理から厚い信頼を受け、二・二六事件で暗殺されるまで、実に七回も大蔵大臣を務めたのである。昭和の金融恐慌ではモラトリアム（支払猶予令）を断行して切り抜け、犬養毅《いぬかいつよし》内閣では、ケインズ政策を世界に先駆けて行なった。高橋の卓越した財政手腕は、苦渋をなめ続けたその前半生によって醸成されたのかもしれない。

山《やま》本《もと》権《ごん》兵《べ》衛《え》

鋭い眼力で東郷を抜擢するも、後年犬猿の仲に……

薩摩藩士。1869（明治2）年より昌平黌開成所に学ぶ。1874（明治7）年、海軍兵学寮を卒業すると翌年から、「筑波」でアメリカを巡航。その後、西郷従道海相の補佐として海軍の改革と地位向上に努めた。1913（大正2）年の山本内閣はシーメンス事件で、1923（大正12）年の第二次山本内閣は虎ノ門事件により総辞職。1933（昭和8）年、大勲位菊花大綬章を授けられるが同年に没した。享年82。

日露戦争時の海軍大臣が山本権兵衛である。日本の勝利において山本の果たした役割は限りなく大きい。

薩摩藩出身の山本は、西郷隆盛の紹介で勝海舟に指導を受け、海軍軍人としての道を歩み始める。明治初期の軍部は、陸軍が主で海軍はそれに従う立場に過ぎないという考え方に支配されていた。しかし、海に囲まれた日本にとって、シーレーンの確保は重要だ。一八九三（明治二十六）年、海軍大臣官房主事《かんぼうしゅじ》の座にあった山本は、まずこの力関係を逆転させるべく、陸軍が主導する参謀本部《さんぼうほんぶ》から海軍の軍令機関・軍令部《ぐんれいぶ》を独立させた。

一八九八（明治三十一）年、次官を飛び越していきなり第二次山縣有朋内閣の海軍大臣となる。その後、伊藤博文、桂太郎と内閣は変わったが、山本は八年間に渡り大臣を務め、海軍の拡張計画を推し進めていった。

山本は単に軍人として優れていただけではなく、政治家としての資質もまた十二分に持ち合わせていた。短期間のうちに海軍の力を格段に向上させることができたのは、その政治手腕によるところが大きい。

もうひとつ山本の長所は、人を見抜く目を持っていることだった。その見識眼をもとに年功序列を廃し、能力主義を徹底した。当時はびこっていた、派閥人事を徹底的に廃したのである。たとえば一八九一（明治二十四）年、山本は海軍の改革に取り組み、実に九七人もの首を切った。教育も受けていないのに、藩閥出身というだけで高い地位にあった者を次々とリストラしたのだ。

日露戦争に臨《のぞ》んでもこの力は発揮される。

山本は周囲の心配をよそに、舞鶴鎮守府《まいづるちんじゅふ》の司令長官だった東郷平八郎を常備艦隊司令長官に抜擢《ばってき》。当時、その地位についていた山本のおさななじみの日高壮之丞《そうのじょう》を降格させた。山本は気性の激しい日高は独断に陥る恐れがあると見たのである。

一方の東郷は重厚で協調性もあったが、地味な男で、当時誰も彼に注目することはなかった。しかし、東郷はその期待に見事に応え、日本海海戦でバルチック艦隊に勝利。名将として世界にその名を知られるようになったのである。

だが、東郷を見出した山本と、その期待に応えた東郷。肝胆相照《かんたんあいて》らす両雄は、以後も手を取り合って海軍を支えていく……という展開にはならなかった。戦記物に「山本に拾ってもらって連合艦隊司令長官になった」と書かれると、東郷は自尊心を大いに傷つけられ、ふたりの関係は大正時代に入る頃から気まずくなっていくのである。

一九三〇（昭和五）年、ロンドン軍縮会議において両者の間に芽生えた亀裂は決定的になる。

東郷の発言力を利用し、担ぎ上げた海軍内部の強硬派は、巡洋艦《じゅんようかん》、駆逐艦《くちくかん》、潜水艦などの保有量数を削減するというこの条約に対して激昂《げっこう》。山本などこの条約を受け入れた軍縮派と対立し、それはのちに大きなしこりを残したのであった。

伊《い》藤《とう》博《ひろ》文《ぶみ》

初代総理大臣は、植民地支配の象徴的存在だった！

明治時代、大日本帝国がつくられるなかで、伊藤はトップリーダーとして君臨した。四度の内閣総理大臣、やはり四度の枢密院《すうみついん》議長を務め、「明治の元勲《げんくん》」と称せられたのである。若い頃の伊藤は討幕運動に身を投じ、岩倉具視《いわくらともみ》、木戸孝允《きどたかよし》、大久保利通などにその見識の深さを買われ、重用された。西郷、木戸、大久保といった明治日本草創期の大物が次々と没すると、伊藤は政界の中心的人物になっていく。

長州出身の明治の元老。幕末期、松下村塾で学び、熱烈な尊皇攘夷運動の志士として1862（文久2）年、イギリス公使館の焼き討ちに参加した。西南戦争後、政界の中心人物となって議会政治の確立に着手し、自ら初代内閣総理大臣に就任。以降、第5代、第7代、第10代も務めた。そのほかにも初代枢密院議長、韓国統監府統監などを歴任。1909（明治42）年、ハルビンにて暗殺された。享年69。

一八七七（明治十）年の西南戦争頃から自由民権運動が高まりをみせ、政府は憲法制定に向かって動き出していた。伊藤は約一年にわたりヨーロッパで過ごし、憲法制度を勉強。帰国すると、初代の枢密院《すうみついん》議長として、大日本帝国憲法の起草、制定で中心的役割を果たした。そして一八八五（明治十八）年、内閣制度を創設し、自ら初代の内閣総理大臣になり、それ以降は、政治の中枢にあり続けたのだ。

その伊藤は、日露戦争開戦時の桂太郎内閣とは、つねに微妙な関係だった。外交では日英同盟か、日露協商打診かを巡って対立。伊藤が個人的にロシアに入国して、日露協商を推し進めれば、桂内閣が日英同盟交渉を進めるといった有様で、結局伊藤は対露同盟を断念した。日露戦争についても、ほかの政府首脳などとともに国家の最高政策決定に参画したが、伊藤はつねに慎重な姿勢を取った。そのため民間の対露強硬論者などからは、しばしば「恐露病《きょうろびょう》」と揶揄《やゆ》された。

やがて日露戦争に勝った日本は、ポーツマス講和条約でイギリスやアメリカ、ロシアの承認を得て朝鮮支配を認めさせた。一九〇五（明治三十八）年、伊藤は漢城《ハンソン》に置かれた初代統監に就任。以後の歴史のなかで伊藤は、朝鮮の人々にとって植民地支配の象徴的存在となっていく。

当時の日本の要人たちは、韓国を日本へ併合しようと考えていた。だが伊藤は、封建的な気風が残る韓国の現状をよく知っていたために、早急な併合には反対していた。あるスピーチでは、こう語っている。

「韓国を併合する必要はない。韓国が必要としているのは自治だ。ただし日本がその監督指導をしなければならない」

韓国を保護し育てて、いずれは独立させるというのが朝鮮支配の頂点に君臨した伊藤のもくろみだった。しかし一方、彼が行なった実際の保護政策は高圧的で、韓国人の憎悪を買った。たとえば、強引に韓国軍を解散させた結果、兵士たちはみな失業した。その元兵士たちが各地で蜂起すると、伊藤は日本軍を投じて鎮圧、多くの死者を出したのである。

一九〇九（明治四十二）年、第二次桂太郎内閣が強引に韓国併合を進めると伊藤は、「そうするよりほかに仕方ないだろう」と折れ、まもなく統監を辞任した。

統監を辞して四ヶ月後、伊藤はハルビン駅で韓国の独立運動家・安重根《あんじゅうこん》に暗殺された。安重根は死刑に処せられたが、今でも韓国では英雄として支持されている。心に韓国独立を秘めていた伊藤が憎悪の対象になったのは歴史の皮肉といえるだろう。

山《やま》縣《がた》有《あり》朋《とも》

国軍の父は椿山荘などの名庭園も築いた風雅好き

日本陸軍の基礎を築いた「国軍の父」。一八八二（明治十五）年、天皇大権のもとに軍隊を統率しようと「軍人勅諭《ぐんじんちょくゆ》」を発布。軍の最高指揮権は天皇にあり、政府と国会は介入できないことを明確に示した。政財界に長州閥《ばつ》をつくり、軍人政治家として初の総理大臣になる。一方で風雅を好む造園好きとしても知られ、東京・椿山荘《ちんざんそう》、京都・無鄰菴《むりんあん》、小田原・古《こ》稀《き》庵《あん》など「山縣三名園」がある。

寺《てら》内《うち》正《まさ》毅《たけ》

米騒動で総辞職したビリケン内閣首相

日露戦争では陸軍大臣を務めたが、その活躍は何をしていたのかわからないといわれるほど目立たない。一九一六（大正五）年に組閣。寺内の頭の形が、当時流行したアメリカの幸運の神の像ビリケンに似ていることから、「ビリケン内閣」と呼ばれた。それには非立憲という皮肉が込められていた。

シベリア出兵と米騒動の責任を取る形で、総辞職した。

桂《かつら》太《た》郎《ろう》

男気溢れた「ニコポン首相」

日露戦争時の総理大臣。人身掌握術に長《た》け、人を口説く時にニコニコ笑ってポンと相手の肩を叩くため、「ニコポン首相」と呼ばれた。一九〇八（明治四十一）年、再び首相になり、韓国を併合。ポーツマス講和会議で全権代表だった小村寿太郎が帰国した時は、彼を暗殺から守るという男気を見せた。自らの優秀さを信じ、死後は自分の脳の大きさを調べるようにと言い残している。

金《かね》子《こ》堅《けん》太《た》郎《ろう》

憲法起草にも携わった超インテリ

伊藤博文直系の官僚政治家である。

日露戦争の際にはアメリカに渡り、ハーバード大学で同窓生だったセオドア・ルーズベルト大統領のもとへ派遣された。アメリカではルーズベルトに講和斡旋《あっせん》を依頼する一方、遊説して民衆の間に広まる黄禍論《こうかろん》の解消に努めた。また、金子はハーバード時代に法学を学んでいたという経歴から、大日本帝国憲法の起草にも関わっている。

『坂の上の雲』クイズ

第1問

山縣有朋が幕末に熱心に学んだ武術とはどれか?

①剣術

②槍術

③手裏剣術

第2問

自分の能力を密かに高く評価していた桂太郎は、死後自分の脳の大きさを調べるよう命じる。その結果、桂の脳の重さは次のうち誰と同じであったか?

①皇帝ナポレオン

②哲学者カント

③鉄血宰相ビスマルク

第3問

元老伊藤博文が明治天皇に呆《あき》れられてもやめなかった生涯の趣味とは?

①芸者遊び

②1日1合の酒

③男色

第1問：②（身分の低かった山縣は槍術で身を立てようとしていた。後年、吉田松陰の弟子を標榜したが、松下村塾への入塾を勧められるも、「吾は文学の士ならず」として辞退したともいわれる）

第2問：②（桂は③のプロイセンの宰相ビスマルクを尊敬していたといわれるが、ビスマルクの脳よりは少し軽かったという）

第3問：①（幕末の頃より大変有名な女好きで、それは高齢になってからも変わらなかった。生涯で1000人の女を相手にしたと豪語していたという）

第6章

子規を取り巻く、近代文化を彩る人々

粘菌の研究を行なう。

南方熊楠《みなかたくまぐす》
(→206ページ)

硯友社《けんゆうしゃ》

尾崎紅葉《おざきこうよう》
(→215ページ)
『金色夜叉』

山田美妙《やまだびみょう》
(→215ページ)
『夏木立』

日露戦争に関わった文豪

日露戦争に第2軍軍医部長として従軍。

森《もり》　鷗外《おうがい》
(→210ページ)
『舞姫』
『ヰタ・セクスアリス』

旅順攻略戦に参戦し、重傷を負う。

桜井忠温《さくらいただよし》
(→214ページ)
『肉弾』

ロシアを研究し、「ウィッテ論」などを著わす。

二葉亭四迷《ふたばていしめい》
(→214ページ)
『浮雲』

与謝野鉄幹《よさのてっかん》

与謝野晶子《よさのあきこ》
(→212ページ)
『君死にたまふこと勿れ』

樋口一葉《ひぐちいちよう》　『たけくらべ』

泉《いずみ》　鏡花《きょうか》　『高野聖』

島崎藤村《しまざきとうそん》　『破戒』

坪内逍遙《つぼうちしょうよう》　『小説神髄』

● 正岡子規・秋山真之と明治の文化人

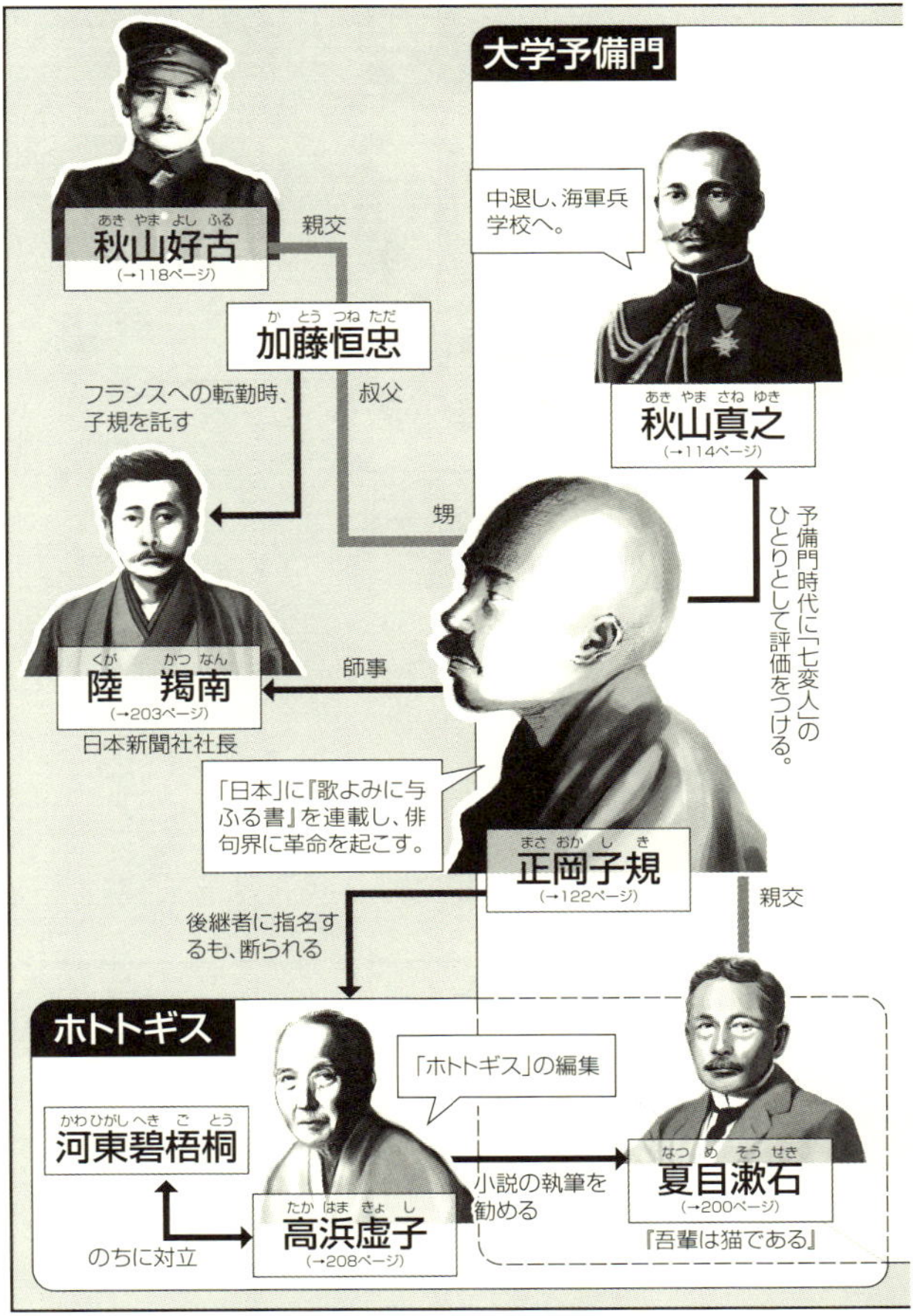

大学予備門
秋山好古《あきやまよしふる》
(→118ページ)
親交
加藤恒忠《かとうつねただ》
叔父
甥
フランスへの転勤時、子規を託す
中退し、海軍兵学校へ。
秋山真之《あきやまさねゆき》
(→114ページ)
予備門時代に「七変人」のひとりとして評価をつける。
陸《くが》　羯南《かつなん》
(→203ページ)
日本新聞社社長
師事
「日本」に『歌よみに与ふる書』を連載し、俳句界に革命を起こす。
正岡子規《まさおかしき》
(→122ページ)
親交
後継者に指名するも、断られる
ホトトギス
「ホトトギス」の編集
河東碧梧桐《かわひがしへきごとう》
のちに対立
高浜虚子《たかはまきょし》
(→208ページ)
小説の執筆を勧める
夏目漱石《なつめそうせき》
(→200ページ)
『吾輩は猫である』

夏《なつ》目《め》漱《そう》石《せき》

明治が誇る文豪が、「肩凝《こ》り」を世に広めた!?

明治時代の文豪。1867（慶応3）年に生まれ、1879（明治12）年、東京府立第一中学校正則科に入学後、二松学舎へ転学し漢学を修める。さらに成立学舎で英語を習得した漱石は、1890（明治23）年、帝国大学文科大学英文科入学。英国留学ののちの1905（明治38）年、猫が人間を批評する『吾輩は猫である』は奇抜な発想とユーモアや風刺で絶賛され、文壇の寵児となった。

文豪・夏目漱石がこの世に生を受けたのは、明治が産声をあげる前年の一八六七（慶応三）年、東京・牛込馬場下横町だった。父・夏目小兵衛直克《こへえなおかつ》五一歳、母・千枝《ちえ》四二歳の時の子供で、結局、母の乳が出なかったため生後すぐに里子《さとご》に出されてしまう。

翌年、新宿・大宗寺の門前名主《もんぜんなぬし》である塩原家へ養子に出され、この夫妻を両親と思いながら成長。一八七〇（明治三）年には疱瘡《とうそう》（天然痘《てんねんとう》）にかかり、鼻の頭や頬《ほお》にあばたの跡が残った。漱石は生涯、この跡を気にしながら暮らした。まもなく養父母が不仲になると、塩原家在籍のまま夏目家に引き取られる。さらに小学校も三回替わった。この不幸な幼年時代が、のちの漱石の性格形成に大きく影響したといわれている。

一八八八（明治二十一）年、大学予備門に入学。その同窓には正岡常規《つねのり》（子規）がいた。感性の高いふたりは、互いに魅力を感じるようになる。

一八九五（明治二十八）年、肺結核を患った子規は療養のため故郷に戻る。ちょうどその頃、漱石は松山中学で英語教師をしており、ふたりは同じ下宿で暮らすことになり、子規はここに「愚陀仏庵《ぐだぶつあん》」の庵号をつけた。

教師をやめて上京したいと願っていた漱石は、一九〇〇（明治三十三）年、文部省から二年間の留学の機会を得た。ロンドンでの生活はイギリスと日本、東洋と西洋を比較した漱石に強い衝撃を与えたが、留学費の心配、慣れない海外での不自由な暮らしと、孤独感に襲われ、神経衰弱に陥ってしまう。

帰国するとその症状はますますひどくなり、神経を静めるために高浜虚子《きょし》に勧められて書いたのが、『吾輩は猫である』だった。

ここに文豪・夏目漱石が誕生するわけであるが、以後の漱石は数々の名作を著わすとともに、それと同じくらいの病歴を重ねていく、まさに病気の大家でもあった。

一九〇九（明治四十二）年、『それから』を発表した漱石は、激しい急性胃カタルを経験。翌年、『門』を書きあげると胃潰瘍《いかいよう》だとわかり、八月六日、伊豆修善寺《しゅぜんじ》の菊屋旅館へ療養に赴《おもむ》くも、大量喀血ののち、二十四日には意識のない状態に陥った。

それ以降、たびたび胃潰瘍の症状に悩まされながらも、『彼岸過迄《ひがんすぎまで》』『行人《こうじん》』『こころ』『道草』などを発表した漱石だったが、一九一五（大正四）年にはリューマチの痛みに苛《さいな》まれ、その原因が糖尿病にあるとわかる。

以来、食事療法につとめ、相変わらず胃の不調に悩まされながらも『明暗』の執筆を始めた。しかし胃潰瘍が再発し、十二月九日、『明暗』を未完のまま、ついにこの世を去ることになる。四九歳だった。

ほかにも肺結核や痔などを患《わずら》った漱石は、病気をよく小説の題材にした。『門』には、「首と肩の継ぎ目の少し背中へと寄った局部が、石のように凝っていた」とある。この一文により、以後、「肩が凝る」という言葉が一般的になった。言葉への感度がよかった漱石は、当て字などの言葉遊びや造語を楽しんだ。「肩が凝る」だけでなく、「新陳代謝」「無意識」「価値」などはすべて漱石の創作といわれている。

陸《くが》羯《かつ》南《なん》

温厚で優しい一面と反骨精神を併せ持った、気骨のジャーナリスト

明治時代のジャーナリスト。1876(明治9)年、青森から上京し、司法省法学校本科に入学。1879（明治12）年に同校を退学させられると帰郷し、青森新聞社に入社。だが今度は県政批判の記事を書いて罰金10円を払わされるとまもなく上京し、太政官文書局に入った。1889（明治22）年、日本新聞社を設立。1903(明治36)年にヨーロッパへ渡ったが、帰国後肺結核で他界。享年51。

陸羯南は、明治期の著名なジャーナリストである。一八八五（明治十八）年、内閣制度が立ちあがると同時に、内閣官報局編集課長に任命されて、官報発行の仕事についた。しかし、政治の欧化主義に反発して退官。「日本の失われた国民精神を取り戻す」と宣言し、一八八九（明治二十二）年に日本新聞社を立ちあげ、新聞「日本」を創刊。鹿鳴館《ろくめいかん》に象徴される政府の欧化主義を徹底的に批判した。

ただし陸の主張は、単なる国粋《こくすい》主義とは一線を画していた。西洋の思想や近代の政治制度を深く理解したうえで、建設的なナショナリズムを提唱したのである。

陸は、大学を中退した正岡子規を受け入れた人物としても知られる。彼はもともと子規の叔父・加藤恒忠《つねただ》の親友だった。一八九二（明治二十五）年、大学を中退した子規から日本新聞社に入りたいとの申し出があったため、陸はこれを迎え、子規を俳句の時事評を書く仕事につかせた。以降、子規の死に至るまで陸は絶えず見守り続けていく。その子規が肺結核に冒されると、陸は子規の病床をたびたび訪れ、手を握ったという。しかし、そんな優しい態度からは想像もつかないくらい、その言論姿勢は激しい反骨精神に溢れていた。

子規の入社後間もなく、新聞「日本」は大隈重信が進めたイギリスとの条約改正に対し、「両国が完全に平等でなければならない」と主張し、発行停止処分を食らう。

それでも陸は、大隈重信の機関紙「報知新聞」や「東京日日」に対抗するかたちで、「大隈の外交は単なる西洋主義にすぎない」と批判、論戦を繰り広げた。これにより、陸の名は高まっていった。なお、新聞「日本」の一八九七（明治三十）年までの八年間に発行停止処分は実に三〇回、計二三〇日にわたった。陸はその発行停止命令の紙を部屋に掲げて、仕事を続けたといわれるから、驚くべき反骨精神だ。

そもそも彼の前半生自体が反骨人生といえた。まず司法省法学校を退学させられた理由も、学校で出される食事に対し、親友の原敬《はらたかし》とともに抗議したことによる。

しかし一方で、日本新聞は経営的に苦境に陥り、新たに家庭向きの姉妹紙「小日本」を発行することになった。その編集主任に選ばれた子規は、後輩にこう語っている。

「人間は最も少ない報酬で最も多く、最も真面目に働く人がエライ。もし総理大臣が一万円の年俸で一万円の働きをしている時に、幼稚園の先生が百円足らずの年給で百十円の働きをしたなら、総理大臣よりも幼稚園の先生のほうがエライのだ」

陸に対する子規の見方ともいえまいか。

陸は日本の帝国主義国家としての発展を謳《うた》う勇壮な論調を嫌った。それが軍事を拡大するための方便にすぎないことに気づいていたのだ。政府に対して終始一定の距離を保ち、日清戦争後には自由主義的、立憲主義的な立場を前面に押し出した。当時、新聞を通じて名をあげ、官僚になったり政治家と懇意になろうとの意図を持っていた言論人が多かった。それだけに新聞論説そのものに意義を見出し、ジャーナリズムの創生を担った反骨精神の権化・陸羯南は、輝かしい存在といえるのだ。

南方熊楠《みなかたくまぐす》

驚異的な記憶力と特異な「芸」を持った天才民族学者

明治から昭和にかけて活躍した博物学者。1867（慶応3）年、現在の和歌山県に生まれ、大学予備門を中退すると1886（明治19）年、単身アメリカへ渡る。そこから西インド諸島などを周り、菌類の収集に熱中。イギリスに渡ると精力的に論文を発表。大英博物館で資料閲覧し、抜き書きしたノートは52冊にものぼる。1941（昭和16）年逝去。享年75。

南方熊楠は、「博識無限、百科事典に足が生えたような男」といわれた博物学者である。そのフィールドは民俗学、植物学、動物学、天文学、考古学、人類学、性愛学、心霊学と多岐にわたり、一八ヶ国語を話した。生涯、自由な立場から好奇心旺盛に研究を重ねた。天才ぶりは幼い頃から際立っていたが、一方で大変な奇人でもあった。

南方はよく蔵書家のところへ行って本を見せてもらっては、家に帰り筆写した。漢文で書かれた一〇五巻にわたる東洋版百科事典『和漢三才図会《わかんさんさいずえ》』を、一〇歳から一五歳までのあいだに図版まで正確に書き写したのは有名な話だ。その頃のあだ名は「反芻《はんすう》」。不思議なこのあだ名は、南方の特異な技による。彼は気に入らない相手がいるといつでもどこでも、ゲロを吐いてみせるという必殺技を持っていたのだ。

また、たびたび山に入っては石器、人骨といった考古学的なものから動植物、鉱物などの地質学的なものまで採集した。余りに熱中しすぎて家に帰らず「天狗《てんぐ》にさらわれた」と騒ぎになったこともある。大学予備門では、秋山真之《さねゆき》や正岡子規と同窓だったが、独自の学問にばかり励んで落第。ついには中退に至る。

一八九二（明治二十五）年、ロンドンに渡ると、自然科学雑誌『ネイチャー』に「極東の星座」「さまよえるオランダ人」などの論文を発表。東洋学の権威と認められ、大英博物館の嘱託《しょくたく》として東洋文献の目録を整理するようになる。

やがて帰国すると、和歌山県田辺で変形菌（真正粘菌《しんせいねんきん》）の研究をしながら膨大な著作を残す。一九二九（昭和四）年、昭和天皇の南紀行幸の際には、熊楠も感激して天皇を迎え入れた。皇室への献上物といえば桐箱に入れるのが常識だが、彼は粘菌一一〇点をキャラメルの大箱につめて進呈した。天皇はそれを後年も語り草にしたという。

高《たか》浜《はま》虚《きょ》子《し》

「文豪・夏目漱石」誕生のきっかけは、このアドバイスにあった!?

日本近代俳句の隆盛に貢献した俳人。1874（明治7）年、旧松山藩士の家に生まれ、1892（明治25）年、三高に入学。学制改革で仙台の二高に転入するが、河東碧梧桐とともに退学。子規の俳句革新運動に感化される。一度、子規に学問の後継者になってほしいと切望されたが、作家になりたいと拒んだ。のち雑誌「ホトトギス」を主宰し、多くの門人を育てた。

正岡子規にはふたりの弟子がいた。高浜虚子と河東《かわひがし》碧梧桐《へきごとう》である。伊予《いよ》尋常《じんじょう》中学時代の同級生だった彼らは高校中退後、同じ松山出身の子規に師事したのだ。なかでも高浜虚子は、子規から雑誌「ホトトギス」を継承し、文字通り後継者となった。

その子規と夏目漱石は親友だった。以前から子規と同じように漱石を尊敬していた虚子は子規の死後、ロンドンから帰国した漱石をたびたび訪ねている。漱石が神経衰弱に陥ると、気分転換になにか書くように勧めた。

まもなく漱石が著わした小説を読んだ虚子は、あまりの面白さに感動し、「ホトトギス」への掲載を決めた。それが『吾輩は猫である』だった。華々しい文壇デビューを飾った漱石は、名声を高めていった。文豪夏目漱石を生んだのは虚子だったのだ。

作家・漱石を誕生させた虚子も実は、俳句ではなく文学の世界で大きな仕事をしてみたい、と常々思っていた。子規の跡を継ぎながら、漱石の成功に触発され、虚子は自分も小説の創作を開始する。やがて「ホトトギス」に掲載されるのも小説ばかりになっていった。

虚子が小説に専念していたあいだ、俳壇の中心となったのは河東碧梧桐である。もともと虚子は主観的、情緒的な句を詠んだが、碧梧桐は客観的で印象的な句を得意とした。子規の死後、俳壇はこのふたつの派に分かれていたが、近代的自我や個人の思想を俳句に盛り込んだ碧梧桐の手法は、一時は全俳壇を風靡《ふうび》した。しかし、季語や定型などを崩したために、俳句本来の姿は薄れてしまっていた。これを危惧した虚子は再び「ホトトギス」を俳句専門誌に戻し、俳句の伝統を守るため闘志を燃やした。そして晩年まで、虚子は二度と俳句を捨てなかったのである。

森《もり》鷗《おう》外《がい》

天に二物を与えられた、文豪にして、軍医の最高位まで上り詰めた男

明治、大正期の文豪。1862（文久2）年、現在の島根県にあたる津和野藩で、御典医の家系に生まれる。藩校で漢学と国学を学び、1884（明治17）年から5年間にわたりドイツへ留学。文学や芸術にも興味を持ち、帰国後は近代小説の祖といわれる『舞姫』などを発表。後年は帝国美術院院長などにも就任した。1922（大正11）年、萎縮腎や肺結核のため死去。享年61。

森鷗外は、小説『舞姫《まいひめ》』『雁《がん》』などで知られる、夏目漱石と並ぶ明治の文豪であるが、軍医・森林《りん》太《た》郎《ろう》として日本の最高位にまで昇りつめた人物でもあった。

若い頃、大変な秀才だった鷗外は、最年少で帝国大学医学部を卒業。その後陸軍に入隊すると、ドイツへ官費留学した。帰国後は、軍医学校教官、陸軍大学校教官などを務めて教育畑を歩む。同時に、ジャーナリズム活動も盛んに行なうようになった。

石橋忍月《いしばしにんげつ》とは『舞姫』を巡って闘い、坪内逍遙《つぼうちしょうよう》とは「没理想論争」を展開、そのほかにも日本食論争、統計論争など、ドイツ仕込みの論法で果敢に挑んだ。

そんな鷗外は、保守的傾向の強い陸軍のなかでは嫉妬《しっと》の対象となり、一時は左遷されたこともあった。しかし日清戦争、日露戦争に従軍したあとの一九〇七（明治四十）年、軍医としては最高位の軍医総監《ぐんいそうかん》に就任した。こうして文学、医学の両面で頂点を極めた鷗外であるが、実は日露戦争に従軍した際、とんでもない過ちを犯していた。

日露戦争の陸軍の戦死者は計約六万人にものぼった。しかし、その三分の一以上は戦死ではなく戦病死。とくに脚気《かっけ》で亡くなった人は実に二万七〇〇〇人を超えていた。これはどう考えても異常な事態だが、その被害はほぼ陸軍に偏っていた。海軍では、海軍医・高木兼寛《かねひろ》が、脚気の原因は白米偏食にあることを突き止め、麦飯を食べてビタミンB1を補給したほうがいいと、再三にわたり陸軍にも提案した。しかし、鷗外らはそれを無視。脚気は伝染病だというドイツ医学の考えに固執し、むしろ被害を拡大したのだ。しかし、そこには必ずしも軍医・鷗外の過失だけとはいえない理由があった。白米は、当時の庶民が憧れる最高級の食事だった。懸命に戦い、死地に向かう兵士にはせめて白飯を食べさせたい。それが陸軍の誇りであり、伝統だったのである。

与《よ》謝《さ》野《の》晶《あき》子《こ》

その文芸作品も人生も情熱的な十二人の子の母

1878（明治11）年、大阪の老舗和菓子屋の娘として生まれ、女学校で古典や新体詩を学ぶ。1901（明治34）年、実家を出奔し、与謝野鉄幹と結婚。その存在自体が明星派の指標となり、歌人としての力量は夫・鉄幹を遥かに凌いでいた。晩年は婦人・教育・社会問題にも積極的に関わった。1921（大正10）年、文化学院の創設に関わり、自らも教鞭をとった。

与謝野晶子は、浪漫《ろまん》的心情と歌をつくることへの情熱を生涯持ち続けた女性歌人だ。とりわけ日露戦争中、晶子が『明星《みょうじょう》』に発表した長詩は、日本を揺るがす事件となった。その詩の題は「君死にたまふこと勿《なか》れ」。晶子自身は、激戦地・旅順《りょじゅん》に出征した弟・籌三郎《ちゅうさぶろう》の身を嘆いたものと説明した。肉親に対する「死んではならない」という叫びは当時、多くの女性の共有する想いだった。しかし、この詩にはタブーとされていた天皇を頂点とする国家体制への批判が滲《にじ》んでいるともいわれた。とくに「すめらみことは戦ひに　おほみづからは出《い》てまさね（天皇は戦争に自ら出かけない）」の部分は国粋主義者たちから、激しい批判を浴びた。

晶子は一九〇〇（明治三十三）年、『明星』二号に歌が二首掲載されたことにより、歌人として名を馳せる。同時期に頭角を現わした山川《やまかわ》登《と》美《み》子《こ》とともに「『明星』の清《せい》紫《し》」、いずれが清少納言か紫式部かと謳《うた》われ、スターの座に上りつめた。

ふたりは、文学だけでなく恋でもライバル関係にあった。『明星』主宰の与《よ》謝《さ》野《の》鉄《てつ》幹《かん》に恋をしたのである。だが登美子には、すでに親が決めた婚約者があり、その縁談を断ることができなかった。悲嘆に暮れ、結婚のため故郷・若狭に帰る。晶子は鉄幹との逢瀬を重ねた。すでに妻と別居状態にあった鉄幹は離婚し、ふたりは結婚する。

しかし結婚後わずか二年で登美子が夫と死別し、東京に戻ると、晶子は登美子と夫との仲を疑い、嫉妬に苦しむようになる。一方で、自身は小説『或《あ》る女』を発表した有島《ありしま》武《たけ》郎《お》に恋心を抱き、書簡の往復をしたりもしていた。

晶子はとにかく精力的な女性だった。鉄幹とのあいだにもうけた子供は、実に一一人。そしてその生涯に五万首もの歌を世に送り出したのである。

二葉亭四迷《ふたばていしめい》

名前の由来は「くたばってしまえ」という父親の一喝

二葉亭四迷は、人気作家の坪内逍遙に師事、ロシア文学の翻訳や執筆を行なった。作家を志すと伝えた際に父親が発した言葉が「くたばってしまえ！」。それが二葉亭四迷の名の由来だという。一八八七（明治二十）年、言文一致体《げんぶんいっちたい》に挑んだ『浮雲《うきぐも》』を発表。日露戦争後、朝日新聞の特派員としてロシアへ。「昨今のウィッテ」などで見事な文章をしたためたが、体調を崩して客死した。

桜井忠温《さくらいただよし》

戦記『肉弾』は世界的大ベストセラーに

歩兵第二二連隊《れんたい》の旗手として従軍した桜井は、旅順攻略戦で重傷を負い、屍《しかばね》のなかから助け出された。その壮絶な体験を描いた小説『肉弾《にくだん》』は戦記文学の先駆けとして評価され、世界的ベストセラーとなった。英、米、独、仏、露など世界一六か国で翻訳出版されたのだ。だが戦争の悲惨さを書くことに、当時の日本は批判的だった。そんな桜井を励ましたのが、のちに総理となる田中義一《ぎいち》であった。

山《やま》田《だ》美《び》妙《みょう》

別れた妻が自殺したことで、文壇から排斥された不遇の作家

大学予備門在学中の一八八五（明治十八）年、尾崎紅葉とともに硯友社《けんゆうしゃ》を設立。『夏木立《なつこだち》』で言文一致を試みたりと、当時の文学の流れのなかでは、大きな影響力を持っていた。やがて新進女性作家の田沢稲舟《たざわいなぶね》と結婚するも、すぐに離婚する。

美妙はまもなく再婚したが、稲舟は服毒自殺を遂げた。その責を問われた美妙は、文壇から抹殺されてしまった。以後は、不遇の人生を送ったのである。

尾《お》崎《ざき》紅《こう》葉《よう》

『金色夜叉《こんじきやしゃ》』で明治の代表的人気作家に！

尾崎紅葉と山田美妙は、お互い芝明《しばみょう》神《じん》近くに住んでいたことがあり、親交を結んだ。一八八五（明治十八）年、ふたりは硯友社を創立し、回覧雑誌『我楽多《がらくた》文庫《ぶんこ》』を発行。美妙は小説『夏木立』で世に認められると、次第に硯友社に冷淡になっていった。怒った紅葉は彼に絶縁状を送る。遅れて読売新聞に連載された『金色夜叉《こんじきやしゃ》』は評判を呼び、紅葉は、山田とは逆に人気小説家となったのである。

『坂の上の雲』クイズ

第1問

南方熊楠はその特技から「反芻」というあだ名を持ったが、もうひとつ彼の逸話からあだ名がつけられた。それは何か?

①きのこ
②天狗
③カビ

第2問

『吾輩は猫である』を著わした夏目漱石。彼自身も猫を飼っていたというが、果たして1代目の猫の名前は何?

①キヨシ
②ツネ
③実は名無し

第3問

物議をかもした「君死にたまふこと勿れ」で与謝野晶子が案じた弟はどうなった?

①旅順で戦死した
②じつは出征していなかった
③無事に帰ってきた

答え
第1問：②（何日も家に帰らず山中で昆虫や植物を採集することから、「てんぎゃん（天狗）」というあだ名もあった）
第2問：③（漱石が飼っていたのは小説のモデルとした猫。爪の裏が黒いことが縁起が良いと言われ飼ってみたものの、あまり気に掛けず「猫、猫」と呼んでいた）
第3問：③（鉄幹との駆け落ちで家を飛び出して以降、家には帰らせてもらえなかったが、父の死後、この籌三郎の計らいで位牌を拝むことが出来たという）

第7章

日本を苦しめたライバルたち

講和勧告
ポーツマス
講和会議
ドイツ帝国
ヴィルヘルムⅡ世
ドイツ皇帝
確執?
講和斡旋を依頼
満洲軍
クロパトキン
(→223ページ)
満洲軍総司令官
ミシチェンコ
サムソノフ
カウリバルス
リネウィッチ
レンネンカンプ
(→236ページ)
小村寿太郎《こむらじゅたろう》
(→180ページ)
外務大臣
メッケル
(→237ページ)
参謀将校
ルーズベルト
(→237ページ)
アメリカ大統領
講和斡旋を依頼
陸軍大学校にて講義を行なう
金子堅太郎《かねこけんたろう》
(→195ページ)
特使
秋山好古《あきやまよしふる》
(→118ページ)
児玉源太郎《こだまげんたろう》
(→138ページ)

● 日露戦争を巡る外国人たち

極東を征服せよ
ニコライⅡ世
(→220ページ)
ロシア皇帝
ウィッテ
(→232ページ)
極東政策を巡る対立
対日強硬派
ベゾブラゾフ
アレクセーエフ
ロシア陸軍
旅順要塞
ステッセル
(→226ページ)
旅順要塞司令官
コンドラチェンコ
(→234ページ)
ロシア海軍
マカロフ
(→236ページ)
太平洋艦隊司令長官
ロジェストウェンスキー
(→229ページ)
第2太平洋艦隊(バルチック艦隊)司令長官
日本陸軍
乃木希典《のぎまれすけ》
(→142ページ)
第3軍司令官
伊地知幸介《いじちこうすけ》
(→174ページ)
参謀長
連合艦隊
秋山真之《あきやまさねゆき》
(→114ページ)
東郷平八郎《とうごうへいはちろう》
(→130ページ)

ニコライⅡ世

ラスプーチンにのめりこみ、破滅の道を歩いた皇帝

1869年、アレクサンドルⅢ世の長男として生まれ、1894年即位。ロシア帝国への反体制運動に対して常に弾圧策で臨む一方、極東進出を積極的に推進。日露戦争を招いた。第1次大戦中に勃発した二月革命により退位。革命後成立した臨時政府により捕縛され、1918年7月、処刑された。その後長らく遺体は行方不明であったが、1992年ソ連の崩壊により初めて確認された。

日露戦争におけるロシアの最高権力者・ニコライⅡ世は、意外にも日本との関わりが深い。皇太子時代の一八九一年、訪日していた彼は滋賀県大津《おおつ》で、警備中の津田《つだ》三《さん》蔵《ぞう》巡査に襲撃され、重傷を負っている。いわゆる「大津事件」である。

当時の日本では、これを口実にロシアが日本へ攻めてくると慌てふためき、政治家ばかりか国民をあげての謝罪運動が起こった。ロシア公使館には、国民からの謝罪の

手紙が殺到し、明治天皇も自らニコライを見舞っている。畠山勇子《ゆうこ》という二六歳の女性は日本国民として命を捧げてお詫びしたいと京都府庁の前で自刃した。これらが奏功したのか、ロシアとの戦争は勃発せずに済んだ。

その後、父アレクサンドルⅢ世の死去にともない、ロシア皇帝に即位したニコライⅡ世は、対外的に強硬路線をとることで皇帝の権威を回復できると信じて、極東進出に意欲を燃やすようになる。ニコライⅡ世は、ドイツ、フランスに働きかけて、日本が日清戦争で手に入れた遼東《りょうとう》半島の返還を求める「三国干渉」を行なうなど、日露戦争へ向けたレールを敷いていく。一方、ロシア国内でも、極東穏健派の蔵相ウィッテを左遷し、強硬派の軍人ベゾブラゾフやアレクセーエフといった人々を重用。彼らはニコライとともに戦争への道を突き進んでいったのである。

だが、ニコライは日本の軍事力をあまりにも過小評価していた。ロシア軍は旅順、奉天《ほうてん》会戦（103ページ）で敗れ、最後に対馬《つしま》沖の日本海海戦（106ページ）で歴史的な敗北を喫してしまう。ポーツマス講和条約（110ページ）で、ロシアは朝鮮半島における日本の優越権を承認し、樺太《からふと》の南半分を日本に譲渡したのである。

この敗北は、ロシア国内の革命の気運を盛り上げた。国民のたまりにたまった不満は、権威を失墜した皇帝に向けられた。一九〇五年一月九日には、皇帝への嘆願書を持って行進していた民衆に軍隊が発砲し、多くの死者を出すという「血の日曜日事件」が勃発した。それからまもなく、皇太子が病気になると、その治療を名目に祈祷師《きとうし》のラスプーチンが皇后に取り入り、宮中に出入りするようになった。ラスプーチンには悪評が多かったが、ニコライⅡ世は新聞などが彼を批判するのを許さず両者の関係は強まっていった。ニコライⅡ世に絶大な信頼を受けたラスプーチンは、やがて政治にまで口を出すようになっていく。こうしたことも原因となって、民衆の心はますますニコライⅡ世から離れていった。

一九一七年二月、食料配給の改善を求める民衆のデモを機に「二月革命」が起きる。ニコライⅡ世は鎮圧軍を差し向けたが、ついに退位に追い込まれてしまう。彼は後継に弟ミハイルを指名したが、国民の敵意を感じ取ったミハイルは帝位を継ぐことを拒否した。これによって、ロシアの帝政は終わりを迎えたのである。

ニコライは家族とともに囚《とら》われの身となった。そして、臨時政府によってツァールスコエ・セローに監禁されたのち、シベリア西部のトボリスクに流され、さらにエカテリンブルグへ移されて、一九一八年七月に家族もろともに銃殺されたのである。

アレクセイ・クロパトキン

黒木大将ににらまれて怖気づいた総司令官

日露戦争時のロシア満洲軍総司令官。露土戦争、コーカサス地方の反乱鎮圧に功績をあげ、1890年同地の総督となる。1898年より陸軍大臣を務め、在任中の1903年に日本を訪れ、軍備などの視察を行なっている。奉天会戦での敗北後、総司令官を罷免され、第1次世界大戦では第5軍を率いて北部戦線で戦った。ロシア革命の際に逮捕投獄されるが危険人物と見なされずにすぐに釈放された。

アレクセイ・クロパトキンは、退役軍人の家に生まれ、一八六四年に陸軍に入隊した。一八歳で中尉《ちゅうい》、二〇歳で中隊長になり、その後、陸軍大学校に入学。一八七四年に卒業後はアルジェリアのフランス外人部隊に派遣されて、昇進を重ねていった。一八七七年から翌年にかけての露土《ろと》戦争では、トルコ軍相手に戦功をあげて若くして将軍となった。一八九〇年には外カスピ海の地方総督となり、このときの働きぶりが認められて、ニコライⅡ世により陸軍大臣に任命された。

日露戦争が近づくとクロパトキンは満洲軍総司令官に任命されたが、開戦後は退却を繰り返した。日本軍との決戦を避けて、相手が疲弊するのを待ってから一気に壊滅させるという作戦だった。とはいえ、自ら好んでそうした作戦をとったわけではなく、日本軍の戦力を見誤るなどして誤算が続いた結果、退却に退却を重ねてしまった部分もある。そのため、彼は「退却将軍」などと揶揄《やゆ》されることになった。

そんな、クロパトキンの誤算のもとは、開戦前の来日にあったといわれる。開戦の約八ヶ月前、クロパトキンは日本を訪問している。勅命による視察で、桂首相と会談したり、小村外相と意見交換するなどした。その際、クロパトキンは、日本とロシアが協調することは自分の願いだが、シベリア鉄道・東清鉄道の安全を守るためにロシア軍の満洲駐留は必要であり、撤兵することはできないと告げた。

その一方で、彼は日本の軍事施設や兵器工場などを視察して、それらが想像よりも充実していることを知った。また、日本人の愛国精神や武士道精神、ロシアに対する強い敵愾心《てきがいしん》なども肌で感じた。そうしたことをとおして、個人的には日本との開戦は避けるべきだと考えるようになった。

だが、その願いもむなしく、日露戦争は始まった。彼にとって不幸だったのは、戦争が始まった直後の日本軍の先鋒が、黒木大将の第一軍だったことだ。日本を訪問した際に、クロパトキンは黒木大将ににらまれて尻込みし、それ以来、彼を恐れるようになっていたといわれる。そのためか、クロパトキンは第一軍の動きに過剰な反応を見せた。遼陽《りょうよう》会戦（92ページ）で一度は優勢に立ったものの、黒木率いる第一軍が自軍の左翼で太子河《たいしが》を越えたと知ると、優勢な戦場から兵力を引き抜いて、左翼に転用してしまった。この大きな失敗により、ロシア軍は形勢を逆転され遼陽から退却することになったのである。

クロパトキンは有能な人物だったが、戦場でのリーダーとしての決断力や判断力には欠ける人物だったといわれる。かつての上官の手記にも「自ら責任を負って物事を決することについては、はなはだ臆病である」と記されている。こうしたことも日露戦争での退却の連続につながったのかもしれない。

日露戦争後のクロパトキンは、第一次世界大戦で第五軍を率いて北部戦線で戦い、一九一六年にはトルキスタン総督に任命された。その後、二月革命で一度は逮捕されたが、釈放されて、郷里で教師として静かな余生を送ったのである。

アナトリイ・ステッセル

旅順要塞の足を引っ張り続けた頑迷の司令官

日露戦争時、ロシアの陸軍中将で、旅順要塞司令官。1848年、ペテルブルグでドイツ系の男爵家に生まれ、露土戦争、義和団事件などで活躍。1903年8月に旅順要塞司令官となった。翌年8月には第3シベリア軍団長に任命されたが、旅順を離れず、日本の第3軍に甚大な損害を与えた。戦後、旅順要塞早期開城の責任を問われ軍籍を剥奪。モスクワで茶商人などをして静かな余生を送った。

日露戦争のターニングポイントになった戦いのひとつが旅順の攻防戦だ。ここで日本陸軍の乃木希典《のぎまれすけ》率いる第三軍と戦ったのが、ロシアの陸軍中将で旅順要塞司令官のアナトリイ・ステッセルである。彼は士官学校卒業後、一八七七年の露土《ろと》戦争に大尉《たいい》として従軍し、一九〇〇年の義和団《ぎわだん》事件では天津《てんしん》へ突入してロシア公使の救出に成功した。その後、一九〇三年に旅順要塞司令官に任命されて迎えたのが日露戦争だった。

日露戦争でのステッセルに対しては、乃木将軍と熾烈な戦いを繰り広げた名将と見る向きもある。だが、実は名将どころか愚将だったようだ。日露戦争にあたって旅順の重要性を認識していたロシア軍上層部は、要塞戦術の専門家であるコンスタンティン・スミルノフ中将をステッセルの後任として派遣した。ところが、要塞司令官の地位に固執するステッセルは、軍の意向を無視して指揮権を手放さず、そのため要塞内にふたりの司令官が並立する異常な事態を招いてしまった。これでは当然ながら指揮系統が混乱してしまう。これがその後の戦いを迷走させるもととなった。

そんななか、日本軍は遼東半島に上陸し、南山《なんざん》や大連《だいれん》などを占領して進軍を続け、やがて旅順にも第三軍が迫った。まもなく、要塞攻撃が始まり、ロシア軍は籠城戦を展開することになる。ロシア軍には旅順要塞の構築に従事した築城の専門家であるロマン・コンドラチェンコ少将が加わり、ステッセルは彼を頼りに日本軍に大きな損害を与えたといわれる。

だが、実際のところステッセルは、自分に従わず、能力的にも自分より秀でていたコンドラチェンコが気に入らず、彼の進言の多くを受け入れなかった。これが戦局を悪化させる原因となった。ステッセルのこうした過ちの背景には、コンドラチェンコと違って第一線を視察せず、現場をよく理解していなかったことがある。彼の関心は、戦いに勝利することよりも、権力や出世のほうに向いていたのである。

日本軍の攻撃を目の当たりにしたステッセルは、その威力に驚き恐怖を感じて、早期に降伏するのが得策ではないかと考え始めた。だが、前線で奮闘するコンドラチェンコがそれを承諾するとは思えなかった。

一九〇四年十一月末頃から日本軍とロシア軍は二〇三高地を巡り激しい攻防戦を展開した。そして、激戦の末に日本軍が勝利し二〇三高地を奪取。十二月十五日にはコンドラチェンコが戦死してしまう。自分に反対する有力者がいなくなったステッセルは、旅順要塞の正面が抜かれると急いで降伏してしまったのである。

日露戦争後の一九〇六年、ステッセルはこのときの行動を批判され、軍法会議で死刑を宣告されてしまう。まだ戦うだけの余力があるにもかかわらず、降伏したというのである。だが、二年後に特赦《とくしゃ》により減刑されて、禁錮《きんこ》一〇年となり、さらにそれから一年ほどで恩赦によって釈放された。そして、公職を追放された身となって、静かな余生を送った。ロシアでは、今もステッセルが旅順要塞司令官を素直にスミルノフに譲っていれば、日露戦争に勝利できたと考える向きが多いのである。

ズノヴィー・ロジェストウェンスキー

捕虜となったバルチック艦隊司令長官

日露戦争時、海軍中将で第2太平洋艦隊（バルチック艦隊）の司令長官に任命される。少将時代に射撃練習艦隊の司令官となり、ドイツ皇帝の前で訓練を行なって以降、ニコライⅡ世の信頼を受け、侍従武官となった。大艦隊を率いての周航を成功させたが、日本海海戦で敗れ、捕虜となってのち、佐世保の病院に収容。戦後、鉄道を利用して本国へ帰還した。

日露戦争でバルチック艦隊司令長官を務めたズノヴィー・ロジェストウェンスキー海軍中将は、一八七七年から翌年にかけての露土戦争に従軍して戦功をあげた。その後は、ブルガリアの黒海《こっかい》艦隊の組織編制に招かれて任務を果たし、バルチック艦隊に移った。一九〇四年六月中旬、ニコライⅡ世は、ロジェストウェンスキーをバルチック艦隊司令長官として、極東に派遣することを決定した。だが、燃料である石炭の確保も難しく、準備に時間がかかり、実際の出航は十月中旬になってしまった。それでも、ロジェストウェンスキーは意気揚々と極東へ向かって船を進めた。

ところが航海は最初からつまずく。北海のドッガー・バンクでバルチック艦隊は、イギリスの漁船を日本の水雷艇と見誤って攻撃し、漁民を殺傷してしまう。この一件でイギリスの世論は激昂し、イギリス海軍はバルチック艦隊を追尾した。結局、最後はロシア政府が賠償することで決着したが、世界の人々はロジェストウェンスキーの無能さが招いた事件だとあざ笑ったのである。

その後の航海も困難をきわめた。バルチック艦隊には時代遅れの船も多く速度がまちまちだった。新型艦船に合わせて速度をあげれば、艦隊はばらばらになってしまう。そこで、仕方なく低速で航行を続けた。また、出航前から心配されていた燃料不足の問題も深刻で、寄港地で大量の石炭を積み、どうにか次の寄港地までもたせるというギリギリの状態で航海を続けた。さらに、寄港地の間隔が大きくなると、新鮮な野菜や果物が不足し、そのため兵士が壊血病《かいけつびょう》に苦しむ事態にも直面した。こうしたことが重なって、バルチック艦隊の航海は過酷な遠征となったのである。

まもなく日本海海戦で日本の連合艦隊と交戦したバルチック艦隊は手痛い敗北を喫

し、ロジェストウェンスキーは重傷を負って捕虜となった。終戦後は責任を問われ軍法会議にかけられたが無罪となった。この際、「敗戦の責任は自分にある」と発言している。そして、一九〇九年、日本海海戦中に受けた傷が原因で病死したのである。

史上類を見ない大艦隊による遠征を成功させたロジェストウェンスキーだが、『坂の上の雲』では愚将として描かれており、世間でもその無能さが強調されている。無作法で、横柄で、強情で、無能な司令官だったという部下や同僚たちの証言もある。

だが、数年前にロジェストウェンスキーが家族に宛てた手紙が発見されたことで、彼に対する見方が大きく変わり始めている。コンスタンチン・サルキソフ著『もうひとつの日露戦争』（朝日新聞出版）によれば、その手紙からは、戦場に向かう航海中にすでに自軍の状況を的確に把握して、勝ち目のない戦いであることを予測していたことがうかがえる。手紙には「私は生きて帰れるとはあまり期待していない」とまで記されている。何の考えもなしに、ただ無謀に戦いへ突入したわけではなかったのだ。

また、現場を知らずに注文ばかりする上層部を批判したり、見当はずれの嫉妬から離婚を申し出た妻を必死になだめるなど、これまではあまり知られていなかった意外な姿もうかがえるのである。

セルゲイ・ウィッテ

「困ったらウィッテ」。皇帝の後始末ばかり負わされた政治家

帝政ロシアの政治家。オデッサ大学を卒業後に民間鉄道会社に入り、経営者として頭角を現わした。皇帝アレクサンドルⅢ世の信任を受けて以降、シベリア鉄道の建設を推進してロシアの発展に貢献する一方、インフレ抑制、政府の増収に尽力。日露戦争を前に一時失脚させられるも、ほどなく復帰して行政改革を進める。戦後は、新憲法のもと内閣議長となった。

セルゲイ・ウィッテは、ポーツマス講和会議（110ページ）のロシア側全権として、日本の小村寿太郎と熾烈な駆け引きを繰り広げた人物である。ニコライⅡ世の父であるアレクサンドルⅢ世によって抜擢されて以降、未開の大地だったシベリアに横断鉄道を建設する大事業と、外資の積極的な導入などによって重工業の発展を促進した。

しかし、日露戦争を前に戦争に消極的だったウィッテは、強硬派によって失脚させ

られてしまう。やがて敗北が決定的となり、アメリカ大統領の仲介によって講和交渉に臨むこととなると、ウィッテがロシア側全権大使に任命され、日本側の小村寿太郎外相と交渉を行なうのである。交渉にあたってニコライⅡ世は「ロシアの体面を傷つけるな」と釘を刺していた。交渉は難航したが、ウィッテは安易な妥協はしなかった。

勝者のはずの日本だが、軍も国力もかなり疲弊《ひへい》しており、戦争の継続は不可能だとウィッテは判断していた。つまり、多少の無理を言っても、日本は最終的に受け入れると考えていたのだ。そのため、ウィッテは小村の発言を意図的に新聞に流して、「日本は賠償金欲しさに戦争を続けようとしている」という見方を世界に広めるなど、交渉を有利に導く巧妙な戦略を展開した。彼の手腕によって、ロシアは樺太《からふと》の南半分を割譲するという比較的軽い損失で交渉をまとめることができたのである。

その後、ウィッテは国内の民衆の不満が高まっていることを受けて、ニコライⅡ世に「十月詔書」を発布させ、立法権を持つ議会の開設と市民的な自由を約束させた。そして首相に就任したが、彼のような有能な政治家が力を持つことを恐れたニコライⅡ世にうとまれて、わずか半年で辞任することになったのである。

「困ったらウィッテ」とばかりに皇帝の後始末ばかり負わされたウィッテである。

ロマン・コンドラチェンコ

彼の死が旅順要塞陥落の一因になった?

日露戦争当時のシベリア第7狙撃兵師団長。1857年にウクライナ人の退役少佐のもとに生まれ、ポロツク軍事中学校を経て、ペテルブルグのニコラエフ工兵学校（士官学校）に進学。以後工兵の道を歩み、近代要塞築城技術・戦術を学び、ロシア軍随一の要塞築城の権威となった。やがて、日本との関係悪化に伴い極東に赴任。旅順に強固な要塞を築き上げ、日本の第3軍に大損害を与えた。

ロマン・コンドラチェンコは軍人の家に生まれ、少年の頃から優秀で、陸軍士官学校卒業後に一度軍務についてから工兵大学校に進んだ。そこで築城術を専門に学ぶと、その後は要塞築城の専門家として活躍した。一八八六年には参謀本部に入り、一八九五年にウラル軍管区参謀長に任命される。日露戦争開戦前の一九〇一年にはアムール軍管区参謀長となり、一九〇三年に少将に昇進すると、東シベリア防衛軍第七旅団長となり、一九〇四年の日露戦争開戦後に旅順に赴任した。

旅順着任と同時に、コンドラチェンコは世界有数の大要塞を築くことを計画し、司令官のステッセルに申し出る。要塞に関する知識のないステッセルはすべてを彼にまかせた。コンドラチェンコの陣頭指揮により、大量のベトン（コンクリート）を使った要塞の構築が行なわれ、その結果、当時最大の一五二ミリの野砲にも耐えられる堅固な要塞が短期間で見事に完成したのである。

同時に、彼は旅順における防衛作戦の指揮も執った。日本の第三軍による旅順攻撃が開始されると、常に前線に立って部下の兵士を鼓舞し続けた。日本軍の攻撃は激しかったが、コンドラチェンコは機関銃による十字砲火、手榴弾や地雷を使った攻撃など、新兵器、新戦術を繰り出して日本軍に大きな損害を与えたのである。

だが、ステッセル司令官の無能さなどもあって、戦況は不利になっていく。一九〇四年十二月五日、二〇三高地が陥落。コンドラチェンコはそれでも前線で兵士を励まし続けたが、十二月十五日に日本軍の砲撃を受けて戦死してしまう。

彼の死は多くの兵士に衝撃を与え、士気を低下させ、旅順要塞陥落の一因になったといわれる。

ステパン・マカロフ

裂氷艦の設計、海戦の研究に優れたが凡ミスで命を落とす

マカロフ海軍中将は、一九〇四年に日露戦争が起こると太平洋艦隊司令長官に就任した。彼は戦術論の第一人者として、日露戦争前には海戦の研究を進め、魚雷などの兵器の改良に努めた。戦術に関する著書『海戦論』も著したが、この本は世界各国で読まれるようになり、東郷平八郎も座右の書にしていたといわれる。

だが、旅順防衛で乗艦が触雷して爆沈。凡ミスともいえる形で戦死した。

パーヴェル・フォン・レンネンカンプ

同僚を見殺しにし、銃殺刑に処せられたコサック騎兵師団長

ドイツ系貴族出身のレンネンカンプは、日露戦争時にはコサック騎兵旅団長となっていた。奉天会戦後、駅のホームで同僚のサムソノフ少将と言い争い殴り合った。この時の因縁は一〇年後の第一次世界大戦に引き継がれ、レンネンカンプはドイツ軍に包囲されたサムソノフを見殺しにしたといわれる。一九一七年、ロシア革命が起きると、逮捕され、銃殺刑に処せられた。

クレメンス・ヴィルヘルム・ヤコブ・メッケル

日本陸軍を強力な軍隊に育成したドイツの戦略家

『未来の歩兵戦』『帥兵術』などの著書を著した戦術家で、ドイツの参謀将校メッケルは、一八八五年に明治政府の要請で来日し、三年間、陸軍大学校で教鞭を振るった。兵站《へいたん》や予備兵・後備兵の重要性などを叩き込み、陸軍を強力な軍隊に成長させた。帰国後のメッケルは、五四歳で突然陸軍を辞職。その理由は、部下の妻との恋愛や、皇帝お気に入りの閣僚の子弟に落第点をつけたためともいう。

セオドア・ルーズベルト

ノーベル平和賞をも受賞した外交の実態とは!?

第二六代アメリカ大統領で、日露戦争では、日本とロシアの仲介をして講和条約締結に貢献した。といっても、単純な平和主義者ではなかった。一八九八年の米西戦争には自ら「荒馬騎兵隊」と称する義勇軍を率いて参戦した。また、「棍《こん》棒《ぼう》外交」と呼ばれる積極外交を展開して、「国際警察力の行使」という名目でカリブ海諸国に対して何度も武力干渉を行なっている。

【参考文献】 ※左記の文献等を参考とさせていただきました。

『検証　日露戦争』読売新聞取材班編、『歴代アメリカ大統領総覧』高橋通浩（以上、中央公論新社）／『日本陸軍史』、『日本軍人おもしろ史話』杉田幸三（以上、毎日新聞社）／『兵士たちの日露戦争』大江志乃夫（以上、朝日新聞出版）／『東郷平八郎―失われた五分間の真実―』菊田愼典、『『坂の上の雲』の正しい読み方』北影雄幸、『『坂の上の雲』の真実』菊田愼典、『海軍用語おもしろ辞典』瀬間喬、『名将秋山好古』生出寿、『軍人宰相列伝』小林久三（以上、光人社）／『明治・大正・昭和　軍隊マニュアル』一ノ瀬俊也（光文社）／『日本陸海軍人名辞典』福川秀樹、『陸軍大学校の戦略・戦術教育』高山信武、『陸軍大学校』上法快男編（以上、芙蓉書房出版）／『乃木希典』福田和也、『教科書が教えない日露戦争』松村劭、『『坂の上の雲』と日本人』関川夏央（以上、文藝春秋）／『日露戦争名将伝』柘植久慶、『戦場の名言録』柘植久慶、『目からウロコの近現代史』河合敦、『小村寿太郎とポーツマス』金山宣夫、『天気晴朗ナレドモ浪高シ』三野正洋（以上、ＰＨＰ研究所）／『日本近現代人名辞典』臼井勝美、鳥海靖、高村直助、由井正臣・編、『近代日本の軌跡３　日清・日露戦争』井口和起編、『国民軍の神話』原田敬一、『世界史の中の日露戦争』山田朗、『日本の時代史23　アジアの帝国国家』石上英一（以上、吉川弘文館）／『図説　明治人物事典』湯本豪一、『20世紀西洋人名辞典　1』日外アソシエーツ編集部（以上、日外アソシエーツ）／『文学の森　日本文学全集２　尾崎紅葉・泉鏡花』、『文学の森　日本文学全集１　坪内逍遥・二葉亭四迷』（以上、集英社）／『決定版　図説・日露戦争兵器・全戦闘集』『激闘　旅順・奉天』『［図説］日本海軍入門』（以上、学習研究社）／『図説　日露戦争』『図説　従軍画家が描いた日露戦争』、『新装版図説日露戦争』平塚柾緒・著　太平洋戦争研究会・編、『図説　帝政ロシア　光と闇の200年』土肥恒之、『図説　日本海軍』野村実・監修　太平洋戦争研究会・編（以上、河出書房新社）／『日露戦争―その百年目の真実』産経新聞「日露戦争」取材班、『教科書が教えない日本史の名場面』加来耕三（以上、扶桑社）／『明治文学全集23』、『日本の百年４』橋川文三（以上、筑摩書房）／『二葉亭四迷伝』中村光夫、『日本海開戦の真実』野村實（以上、講談社）／『日本海海戦と東郷平八郎』、『秋山真之のすべて』生出寿ほか、『陸軍師団総覧』近現代史編集会編（以上、新人物往来社）／『日清・日露戦争』原田敬一、『徴兵制』大江志乃夫、（以上、岩波書店）／『挿絵で読む「坂の上の雲」をゆく［上・下］』産経新聞取材班（産経新聞社）／『写説『坂の上の雲』を行く』太平洋戦争研究会、『写説『坂の上の雲』』谷沢永一、太平洋戦争研究会、『〈写説〉日露戦争』太平洋研究会編（以上、ビジネス社）／『詳説日本史研究』、『日本史小辞典』（以上、山川出版社）／『乃木希典』佐々木英昭（ミネルヴァ書房）／『子規と啄木』中村稔（潮出版社）／『新版　世界人名辞典　西洋編』阿部利夫、保坂栄一（東京堂出版）／『日本陸海軍総合事典』秦郁彦（東京大学出版会）／『二葉亭四迷』福田清人・小倉脩三（清水書院）／『庶民のみた日清・日露戦争』大濱徹也（刀水書房）／『捕虜たちの日露戦争』吹浦忠正（日本放送出版協会）／『スラブ研究センターニュース季刊２００７年春号』（北海道大学スラブ研究センター）／『ゴードン・スミスの見た明治の日本』伊井春樹（角川学芸出版）／『日本軍隊用語集』寺田近雄（立風書房）／『図表で見る江戸・東京の世界』（東京都歴史文化財団）／『戦前の日本』武田知弘（彩図社）／『米国特派員が撮った日露戦争』コリアーズ（草思社）／『真説日露戦争』加来耕三（出版芸術社）／『『坂の上の雲』では分からない日本海海戦』別宮暖朗（並木書房）／『改訂版日本の軍装』中西立太（大日本絵画）／『海軍　第三巻　日露戦争』㈶史料調査会海外文庫土肥一夫監修（誠文図書）／『『坂の上の雲』の主人公秋山兄弟の生き方』池田清（ごま書房）／『日露戦争全史』デニス・ウォーナーほか（時事通信社）／『面白いほどよくわかる日露戦争』近現代史編纂会（日本文芸社）／キショウ堂ホームページ

本書は、本文庫のために書き下ろされたものです。

河合 敦（かわい・あつし）
１９６５年、東京都に生まれる。青山学院大学文学部史学科卒業。早稲田大学大学院修士課程（日本史専攻）修了。
現在、高校教諭として日本史を教えるかたわら、執筆活動を行なう。
第17回郷土史研究賞優秀賞、第6回ＮＴＴトーク大賞優秀賞を受賞。

『坂の上の雲』研究会（さかのうえのくも・けんきゅうかい）
『坂の上の雲』について読書会などを開催し、そのものの考え方を学んでいるグループ。時代背景や登場人物、雑学全般など幅広い分野について研究を進めている。

知的生きかた文庫

こんなに面白《おもしろ》い！
『坂《さか》の上《うえ》の雲《くも》』の世界《せかい》

監修者　河合《かわい》　敦《あつし》
著　者　『坂《さか》の上《うえ》の雲《くも》』研究会《けんきゅうかい》
発行者　押鐘太陽
発行所　株式会社三笠書房
郵便番号一〇二-〇〇七二
東京都千代田区飯田橋三-三-一
電話〇三-五二二六-五七三四〈営業部〉
〇三-五二二六-五七三一〈編集部〉
http://www.mikasashobo.co.jp
印刷　誠宏印刷
製本　若林製本工場

ISBN978-4-8379-7829-9 C0130
落丁・乱丁本は当社にてお取替えいたします。
定価・発行日はカバーに表示してあります。

知的生きかた文庫

人に勝ち、自分に克つ　強靭な精神力を鍛える
武士道
新渡戸稲造
奈良本辰也 訳・解説

日本人の精神の基盤は武士道にあり。武士は何を学び、どう己を磨いたか。本書は、強靭な精神力を生んだ武士道の本質を見事に解き明かす。

「孫子の兵法」がわかる本
守屋 洋

諸葛孔明、武田信玄、ナポレオン……百戦錬磨の名将たちが座右の銘とした『孫子』とは？　人間心理の洞察と優れた戦略を説く、兵法入門。

スマイルズの世界的名著
自助論
S.スマイルズ 著
竹内 均 訳

「天は自ら助くる者を助く」――。刊行以来今日に至るまで、世界数十カ国の人々の向上意欲をかきたて、希望の光明を与え続けてきた名著中の名著！

「その時歴史が動いた」心に響く名言集
NHK『その時歴史が動いた』［編］

永久保存版『その時歴史が動いた』名語録。各回の主役たちが遺した「歴史の名言」を厳選、そこに込められた哲学や人間ドラマを浮かび上がらせます！

仕事で大事なことは『坂の上の雲』が教えてくれた
古川裕倫

多くの経営者・リーダーが「座右の書」として挙げてきた名著『坂の上の雲』から、ビジネスに使える「考え方・ノウハウ」を徹底抽出！　心に響く「名言」32！

C50098